About the author

Tony White is the author of the novel *Road Rage!* and editor of the *britpulp!* anthology. His varied career included a six year spell on the 'Bukowski Shift' for the Royal Mail's North London sorting office. He is currently Literary Editor of *The Idler*. *CHARLIEUNCLENORFOLKTANGO* will be followed by the pulp horror novel *Satan! Satan! Satan!*

CHARLIEUNCLENORFOLKTANGO
by Tony White

CHARLIEUNCLENORFOLKTANGO
by Tony White

Published in 1999 by
Codex Books, PO Box 148, Hove, BN3 3DQ, UK

ISBN 1 899598 13 8

Printed in the UK by Cox & Wyman, Reading

Acknowledgements:

With enormous thanks to Sarah Such, Jamie Telford, Steve Beard and Hayley Ann.

Special thanks also go to Stewart Home, James Pyman, Matthew Higgs, Peter Pavement, Cathy Naden, Jane Gifford, Swells, Tommy Udo, Victoria Hull, Tom Hodgkinson, Michael Moorcock, Billy Childish, Christopher Hewitt, Paul Burwell, John White, Ian and Rosie Horton, Nick and Joyce, Darren, Judith, Colin, Jackie, and Robin, for their various acts of support.

Lissen yew cunts.

Coz yore problee wundrin wot we woz do-inn
there in the ferss place & ow we cum ter
be juss dryvin aroun din the fuckin dark
myles & myles from fuckin enny-ware.

Well praps yew ar or praps yew ain, I
don't reelee giv a fuck.

But if yew ar yew better lissen
adden chew eh.

Coz praps I'm gonna tell yer.

Praps I'm gonna tell yer wot the free ov us
woz do-inn there & y we woz juss dryvin
aroun din the cuntin dark myles & myles
from enny-fuckin-ware.

& maybe I'm gonna tell yer about awl the
uvver shit that wen dan.

Yeah I fink I am gonna tell yer wot we woz
do-inn there in the ferss place, & y we
woz dryvin aroun lyke I say.

Well lissen thass ar bastardin job fer wun
fing ain it.

Us free.

Dryvin aroun.

Coz yew gotta wav fuckin coppers in this
weld ain chew eh.

1

& iss awl cuntin bryte lytes ain it.

& dryvin frew this soddin city.

& dryvin reel fast wevva weir on a fuckin cawl owt or not.

& weir grate fuckin blokes & awl, ain we eh.

Us free.

Thass me, The Sarge & ole Blakie.

Bess fuckin mates & awl that shit.

& we do av a ryte ole fuckin larf sum a the fuckin tyme believe yew me, juss crewzin aroun din this fuckin van.

& thass awl we fuckin do awl day long.

Awl fuckin nyte & awl.

Juss dryve aroun lookin fer fuckin trubble yew myte say.

& most a the soddin tyme we fynd it & awl.

& if we don't fynd it, that trubble'll cuntin well fynd us most problee.

Or sum pore bastard'll phone 99–soddin–9 won't they.

& go lyke:/

> *"O pleez alp me, thez trubble cummin dan my bastardin street, sen the fuckin boyz roun to alp me won't chew."*

& then ar raydio'll go lyke:/

> *"Charlie-Uncle-Norfolk-Tango…Charlie-Uncle-Norfolk-Tango…This is Delta-India-Charlie-Kebab…Cum in pleez, ova."*

& ole Blakie'll be lyke:/

> *"Roger rodge Delta…woss up mate."*

& are raydio'll be lyke:/

> *"Roger rodge Charlie-Uncle. Sum poor bastard juss giv us a cawl. Thez trubble cummin dan is street & eez ryte crappin iz-self. Go & sort that cunt owt fer us lads."*

& ole Blakie'll be lyke:/

> *"Roger rodge mate. On ar fuckin way, ova & owt."*

& eel switch on ar cuntin siren won't e.

& ar fuckin flashin lytes.

& eel be lyke:/

 "Put chore fuckin foot dan Sarge & less go mate."

So wun way or anuvver we fynd a bit a trubble most nytes don't we.

Werse fuckin luck.

But still thass wot be-inn a copper is awl a-fuckin-bout I spoze.

If we wozzen owt there lookin fer trubble & sortin it owt then awl that trubble myte juss cum lookin fer yew myten it.

Awl that fuckin trubble wood cum a tap tap tappin on yore fuckin win-der most nytes wooden it eh.

So thass y thez gotta be fuckin coppers in this soddin weld ain it.

Coz if there wozzen yewd soon fuckin no about it wooden chew mate.

Wen trubble cum a tap tap tappin on yore fuckin win-der, & shaykin yore fuckin door nobs & shit.

& yore shaykin in yore fuckin bed & yore totallee fuckin crappin yore self ain chew eh.

Coz less fayce it most blokes & birds don't lyke trubble do they.

No they fuckin well don't & y the bastardin fuck shood they eh.

Most blokes & birds don't want no fuckin trubble ter cum a tap tap tappin on there fuckin win-ders wen there trynoo wav a cuntin shag or a wank or a kip or summink.

So thass ware we cum in ain it.

Me & ole Blakie & The Sarge.

& thass y we get this fuckin van ter drive aroun this soddin city in & av a bit ov a fuckin larf in & awl.

Coz weir lookin fer fuckin trubble ain we.

& wen we fynd a bit a trubble we fuckin deal wiv it don't we.

We stop that trubble from cummin roun ter yore place.

But bastardin ell tho, I meen thez ownlee cuntin free ov us fer fucksake.

We khan catch evree soddin bit a trubble.

We khan catch awl the fuckin crimz can we eh.

Coz that wood be im-fuckin-possible wooden it.

So thez awl-ways gonna be sum pore bastard wot wakes up & fynds sum kynd a killer in iz or er bedroom.

& them pore cunts juss aff ter sit there & shit there-selvz wiv fryte don't they.

& they'll be sitt-inn in the middle a there fuckin beds wiv there cuntin doovayz & shit aroun them & shaykin.

& they'll be lyke:/

"O no pleez don't kill me mate thez a bit a cash in the fuckin kitchen draw mate, yew can av it ownlee pleez don't kill me pleez don't I promiss that I won't cawl the fuckin coppers or nuffink."

But that fuckin killer don't give a fuckin shit duz e.

& it don't matter if you ain got fuck awl fer im ter nick duz it. If enny-fink thass eeven werse ain it.

Coz e'll av the ryte fuckin ump wiv yew.

Since e wenn to awl the soddin trubble a gettin inter yore fuckin place ownlee ter fynd that chew ain got fuck awl.

E will not be a nappy man.

Fer a start eez problee foun that meezlee coupla quid in the fuckin kitchen draw awlreddy & it ain inuff.

So eez gotta nick loads ov uvver stuff & awl ter make it werf iz wyle.

& problee by the tyme e fynds owt chew ain got fuck awl eez gonna be in a ryte bad fuckin mood ain e.

& thass problee wen e realyziz that e ain alone in the owse.

& thass wen e decides ter creep up yore fuckin stairs & shayk on yore fuckin door nob.

& eez problee got awl kynd a guns & nyves & shit.

& e can kill yew in about fifty fuckin diffrent ways wiv-owt eeven finkin about it.

So fer awl yore pleedin & beggin & the fack that chore totallee crappin yoreself yore problee gonna dye enny-way ain chew.

& thez problee fuck awl yew can bastardin well do about it by that fuckin tyme.

Coz that fuckin mad killer ain gonna juss stan there stairin wyle yew phone the fuckin coppers & go lyke:/

"O alp alp thez this fuckin mad killer in me fuckin bedroom mate & I fink eez gotta gun or a nife or summink pleez can yew send sum a yore boyz roun ryte away mate."

That juss ain gonna fuckin appen is it eh.

Soon as yew so much as look at chore fuckin phone that mad fuckin killer will ov chopped yore fuckin ed off.

Or stab dew in yore art.

Or may dew suck is fuckin dick wyle e slices off yer ears or summink.

Or drawn a target on yore chess wiv lipstick & chucked iz nife at chew.

Or pisst on yew & then blown yore fuckin legs off.

Or carved iz name in yore skin wyle e fucks yew.

Or mewtilaytid yew.

Or givven yew a wun sekund ed start.

Or juss stab dew wun undred soddin tymes.

Or fuckin chopped yew up & eaten yew wiv a slice a fuckin Muvvers Cried.

Or juss chopped off yore bawls & may dew eat the fuckers.

Or disem-fuckin-bowel dew.

Or bashed yore ed in wiv an ammer or a spade or a soddin plank or a varz or summink.

Or poked yore soddin eyes owt then wankt ova yew.

Or may dew eat iz shit.

Or stab dew wyle e fucks yew.

Or shot chew wyle e fucks yew.

Or sufferkaytid yew wiv yore own soddin piller wyle e fucks yew.

Or juss sufferkaytid yew wiv a plastic fuckin bag.

Or chopt yew up & fed yew ter yore own fuckin pets.

Or chopped yew up & then put awl the bitsanbobz inter jiffee bags & postid em to awl yore frenz.

Or ritten iz fuckin manifesto on yore wall wiv yore blud.

Or broken yore fuckin neck.

Or broken yore fuckin arms & legs then strangle dew.

Or poison dew wiv sum fuckin stuff owt a yore kitchen cubberd.

Or juss fuckin scare dew ter def.

Or drand yew in the barf.

Or drand yew in the bog.

Or berried yew a-fuckin-live.

Or lokt yew in the wardrobe.

Or tie dew up & let chew starve ter def.

Or tie dew up & torcherd yew fer a fuck ov a long tyme.

Or dun a snuff video a yew be–inn fucked & killed wiv yore own fuckin camcorda.

Or tie dew up & dun ixperimenss on yer.

Or tie dew up & then set chew on bastardin fire.

Or blown yore fuckin brains owt.

Or shot chew in the chess.

Or shot chew in the guts.

Or cut chore fuckin frote.

Or shot chew in yore bawls.

Or shot chew in yore cunt.

Or shot chew in yore back.

Or shot chew in yore arse.

Or shot chew in yore legs.

Or shot chew in yore gob.

Or shot chew ryte between yore fuckin eyes.

Or juss slashed yew wiv iz fuckin grate nife & wotched yew bleed ter def.

Or cut chore soddin bawls off & wotched yew bleed ter def.

Or dun surgery on yer wiv no annasfetick, yewzin ole tools owt a yore own fuckin broom cubberd.

& there ain gonna be fuck awl yew can soddin well do about it mate.

So thass y thez gotta be coppers in this weld ain it.

Thass y thez gotta be coppers lyke me & ole Blakie & The Sarge.

& thass y we juss crewz aroun this fuckin city wiv awl iss bryte lytes & awl iss dark playsiz in this ear van & juss look fer trubble.

Coz praps wheel fynd that mad fuckin killer bifor e gess ter yore place.

Praps wheel fynd that cunt bifor e cums a tap tap tappin on yore fuckin win–ders wiv awl ov iz nives & guns & shit.

Thass the fuckin plan enny-way.

So lissen.

Awl a yew bastards owt there, awl a yew blokes & birds, can sleep eezy in yore fuckin beds khan chew.

& opefullee if that mad killer cums a walkin dan yore fuckin street us free'll catch im won't we.

& then e won't cum roun ter yore place tap tap tappin on yore soddin win-ders.

& e won't cum a shaykin on yore fuckin door nob.

& e won't nick that coupla quid owta yore kitchen draw.

& e won't creep inter yore room & torcher yew.

& e won't creep inter yore fuckin room & bastardin well kill yew.

Coz us free'll catch the fucker won't we.

& wheel kick seven soddin shades a fuckin shit owta that cunt soon as look at im won't we.

Wheel av im in the back a the soddin van bifor yew can say "Retropolitan Police Force at chore fuckin service yew cunt", & wheel juss put the fuckin boot in on yore be-arf.

& wheel teech im a lesson on yore be-arf.

& wheel do the cunt fer wot-eva the fuck we can on yore be-arf.

& if we aff to, wheel make summink up on yore be-arf.

That'll teech the cunt not ter cum creepin roun ter yore place.

That'll teech the cunt not ter cum creepin dan yore fuckin street.

E won't fuckin do that again in a cuntin urry will e.

Not wiv us aroun ter teach im sum fuckin manners.

So baysicklee lyke I say thass y yew've gotta wav coppers aroun.

So don't chew worry about nuffink awlryte, coz weir ear ain we.

Us free.

Me, ole Blakie & The Sarge.

Wheel fuckin well look arter awl a yew lot won't we.

Thass are job ain it.

So lyke I say weir dryvin ain we.

Juss dryvin aroun this fuckin city.

Me, ole Blakie & The Sarge.

Awl free ov us as per.

& iss grate coz iss my turn ter fuckin dryve & I soddin well luv dryvin this cunt.

Iss juss so grate dryvin aroun this city ain it eh.

Wiv awl ov iss lytes.

& awl a them streets.

& lodes a blokes & birds evree-ware & awl.

Awl a them bastards go-inn ohm from ware-evva the fuck id iz that they werk.

Or juss go-inn owt fer the nyte or summink.

Awl juss walkin aroun & lookin in the soddin shop win-ders & awl them playsiz wot open late.

Thez tunz a fuckin playsiz fer awl a them cunts ter go ain there.

& there awl fuckin lit up ain they.

Awl a them playsiz.

So iss lyke wun grate big cuntin krissmas tree sum-tymes ain it.

Wiv awl a them diffren cullerd lytes & shit awl flashin & twinklin.

& I luv them fuckin street lamps & awl.

I fuckin luv em.

Them bastards make yew fill lyke the fuckin yewman race is in charge don't they.

Nun a that stairin owt inter space & in-fuckin-finity & shit.

Coz thass awl so strange & fuckin mis-tearius ain it eh.

Wot wiv awl a them bastardin stars evree-ware.

But chew khan see nun a that shit wen awl the cuntin street lamps ar on can yew eh.

So yew don't aff ter fink about it neeva.

Thez nuffink mis-tearius about the lytes in this fuckin city tho.

Iss awl fuckin man maid ain it.

& sum-tymes wen us free ar dryvin aroun I get the feelin that I wanna wyne dan the fuckin win-der & juss look at awl a them blokes & birds owt there, & shout owt lyke:/

> *"Oy I dunno witch wun a yew cunts inventid awl a this shit but witch-evva wun a yew it woz, fank yew verree much mate."*

But I don't coz if I did The Sarge & ole Blakie wood fink I woz a ryte cunt wooden they.

So thass wot I lyke about the fuckin city, & awl iss lytes: awl a that shit juss keeps the nyte at bay don't it.

& iss lyke cave blokes & cave birds ain it.

Wiv awl a there fuckin fires & shit.

I bet them cunts problee maid awl kynz ov iss-cuses or uvver fer keepin them fires lit didden they.

Yew no lyke:/

> *"O fuck I gotta dry me fuckin skins ain I coz this stuff is fuckin soaked ain it mate, I better leev this soddin fire on ternite adden I."*

& awl a them uvver stone age blokes & birds'll go lyke:/

> *"O yeah thass a poin & this simple blanket made a mammuf wool is fuckin soakin & awl, I better dry the cunt owt adden I."*

& sum uvver cunt'll be lyke:/

> *"O yeah & I'm gonna raff to arden the fuckin points on these bastardin spears mate coz I'm go-inn owt untin ferss fing. I fink weed better leev that soddin fire on adden we eh."*

& I bet awl a them cave blokes & cave birds woz feelin ryte fuckin pleezd wiv there-selvz, but in fack tit woz juss coz they woz awl scaired a the soddin dark wozzen they.

Awl that shit about dry-inn there skins off & sharpnin there soddin spears woz juss a fuckin ixscuse wozzen it.

They din need enny a that shit, iss juss coz they woz afraid a the cuntin dark wozzen they.

& I reckun iss problee the same fing now.

Juss a lode a fuckin blokes & birds inventin reezuns fer avin the soddin lytes on, juss ter keep the nyte at bay.

Juss coz there afraid a the soddin dark.

& they'll av awl kynd a fuckin ixscuses & awl won't they.

& sum cunt'll be go-inn lyke:/

"O yeah I gotta do awl a this layt nyte shoppin ain I. I gotta spen about an undred quid on fuck awl bifor I go back ohm."

& sum uvver cunt'll be lyke:/

"O yeah & I gotta wav awl a this cuntin flud lytin on the owt syde a me fuckin owse coz iss an owt-standin arky-fuckin-tektural spessimin ain it."

& sum uvver cunt'll be go-inn lyke:/

"O dear o dear I gotta werk layt in the fuckin offiss or I'm gonna be ryte in the shit if I don't finish this projeck by termarra mornin."

But iss awl juss baysicklee that the cunts ar afraid a the fuckin dark ain they, & they gotta make iss-cuses fer keepin the lytes on juss lyke awl a them fuckin cave blokes & cave birds wiv there fuckin fires.

Still wun fing about witch-evva cunt it woz that inventid the lektrik lyte: iss much soddin easier ter keep that fuckin dark dark nyte at bay these daze ain it.

Nun a this bizniss a lytin fires wiv sticks & fuckin stones & flinss & shit.

Thez nun a that crap now-a-daze.

Now iss juss a flick a the fuckin switch ain it.

& wunse yew flicked that switch iss awl bryte & lyte & yew can juss ferget about the dark dark nyte.

Yew can problee juss pretend that it don't eeven ixist.

Yew can problee juss pretend that iss day tyme or summink khan chew.

Iss juss the fuckin same now ain it eh.

Well thass wot chew myte fink mate but it ain trew at awl.

Coz that dark dark soddin nyte is still fuckin well there ain it.

Juss owt a reach a yore fuckin lytes & shit.

& it don't matter ow menny a them bastardin lytes yew got neeva, there ownlee gonna shine so far ain they.

& then juss owt a there reach iss still gonna be fuckin dark dark nyte ain it eh.

That nyte ain reelee gon away az it eh.

Iss still there ain it.

& iss still juss as fuckin mis-tearius & frytnin as it evva woz ain it.

& less fayce it, most blokes & birds lyke ter stick aroun the bryte bits a the fuckin weld don't they.

Awl them citys & uvver kynz a playsiz wot ar brytlee lit.

& wen yore in them type a playsiz yew don't aff ter fink about the dark dark nyte or nuffink.

Coz most blokes & birds don't go enny ware near them bastardin dark playsiz.

So praps them cunts ferget that eeven the city isself ain awl bryte fuckin lytes & shit.

The city is full a dark playsiz & awl.

& them dark playsiz ar full a nyte & shadders ain they.

Awl a them bastardin playsiz ware the bryte lytes don't reech.

Awl a them dark playsiz ware nyte tyme rools OK.

Nyte & dark & shadders rool them playsiz don't they.

But most blokes & birds ten ter ferget about awl that wen there go-inn dan the awl-nyter garridge fer there fags & shit, coz ov awl the street lamps & shit.

& coz ov awl the owziz be-inn brytelee lit up.

Them blokes & birds problee ferget that juss aroun the soddin corner iss dark dark mis-tearious nyte & shadders & in-fuckin-finity & stars & shit.

But chew can ferget about awl that wen yore kew-inn dan the kebab shop & iss awl cozy & bryte.

Yew can most-lee ferget about awl a them fuckin shadders in the dark khan chew eh.

But we khan ferget it.

Us free in are fuckin van khan ferget it can we eh.

Not me & ole Blakie & The Sarge.

Coz wun minit wheel be dryvin dan the eye street ware awl the blokes & birds ar walkin pass the sinner-mars & the awl-nyter garridges & shit, & the necks minit wheel turn a fuckin corner & fyne darselves in sum dark allee way or summink & there won't be enny lyte or nuffink ter keep the darkness & the nyte at bay ixsep tar fuckin ed lamps.

So awl ov a sudden there'll be awl a them stars in the dark dark sky, & juss shadders & nyte evree-ware.

& if yew fink about it thez problee juss daz menny dark playsiz in this soddin city as there are bryte playsiz.

If not maw.

So fer evree kebab shop thez gonna be a fuckin desertid traydin istay.

& fer evree layt nyte shop thez gonna be a fuckin emptee facktree.

& fer evree awl-nyter garridge there sum fuckin woods dan the edge a town.

& fer evree owse wiv awl iss lytes on thez gonna be sum fuckin dark allee way.

& fer evree eye street thez about fuck nose ow menny back streets.

& fer evree street lamp thez sum kynd a corner ware iss lyte won't reech.

So iss a ryte ole bastardin weld a lyte & shadders ain it.

Iss a city a lyte & shadders.

Ownlee most blokes & birds ten ter ferget that don't they.

Most blokes & birds ten ter ferget about awl a them nyte tyme playsiz don't they.

But we don't.

Us free in are van don't ferget it.

Ow cood we fuckin ferget it eh.

Coz ware-as most blokes & birds ten ter steer well cleer a them dark dark playsiz, us free khan.

Weave gotta steer ryte inter them fuckin dark playsiz ain we, coz thass ware awl a them fuckin killers go ain it mate.

Coz thez tunz a playsiz fer a killer to ide in awl a them shadders & awl a that nyte & awl a them playsiz ware no fuckers gonna wonna foller yew.

Coz lyke I alreddy sed, most blokes & birds don't lyke go-inn ter them kynd a playsiz.

& I tell yew wot if I wozzen dryvin this soddin van or at least ryde-inn along in it I problee wooden go dan them playsiz neeva. Not if I woz juss walkin or summink.

& thass me: a copper wot can look arter iz-self.

But the fing is see, that it ain ownlee yore killers & yore crimz wot go dan them kynd a playsiz.

It ain juss yore nonsiz & yore rapiss & yore arsoniss wot go dan them dark dark playsiz.

Them cunts ain the ownlee bastards wot fynd there-selvz in the darkness & the shadders a the nyte.

In fack thez a few ordunree blokes & birds wot aff ter go dan them kynd a playsiz & awl.

Not that many ov em I spoze but a few ryte inuff.

Praps them cunts werk there soddin nyte shifss or summink.

Or praps there blokes or birds, well mostlee blokes I spoze, wot werk as fuckin sickurity gards.

& I tell yew wot, I don't arf fill sorry fer them cunts.

Coz them poor bastards juss aff ter walk aroun din awl a them emty playsiz don't they.

Awl aroun them emty traydin istayss & facktrees & shoppin senters & shit.

Patrollin the edges a the fuckin nyte.

Juss them & them alone is awl wot stanz between the weld a bryte bryte lytes & the weld a dark dark shadders.

& iss fuckin perfettick reelee.

Them pore cunts av juss gotta walk aroun don there tod or wiv sum ole fuckin gard dog or summink.

As if sum ole wanker wiv a dog is gonna stop a killer or summink.

Iss fuckin perfettick it reelee is mate.

& they got these useliss lil torches wot they point owt inter the fuckin darkness.

& that lil beam a lyte ownlee goes about a couple a feet inter the nyte.

Iss lyke investigaytin the fuckin o-shun wiv a stick or summink.

Yew ain gonna get verree fuckin far ar yew.

Ixsep in fack iss werse coz the o-shun ain so big as the hole a the dark dark fuckin nyte is it.

Coz darkness & nyte goes on fer-cuntin-evva don't it.

Ware-as the sea izzen eeven as big as the Erf.

So less fayce it: if iss perfettick to investigayt the sea wiv a stick iss eeven maw stupid to investigayt the dark dark nyte wiv a useliss lil torch.

Yew ain gonna fynd owt verree fuckin much ar yew eh.

So thass y I fill sorry fer them pore fuckers wiv there torchis & there nackerd ole gard dogs, juss walkin aroun awl a them dark playsiz try-inn ter keep the nyte at bay on yore be-arf.

& they don't get paid fuck awl neeva, thass wot The Sarge sez enny-way.

So awl a them facktree workers & sickurity gards need us ter look arter em don't they.

& iss the same wiv awl a them uvver fuckers wot aff ter go inter the nyte & the dark & the shadders.

& wot about them pore cunts wot liv in them dark playsiz eh.

& wot about them pore cunts wot take a rong ternin & juss suddenlee fynd there-selvz surrounded by darkness & shadders wiv ownlee a cupple a fuckin stars ter lyte there fuckin way.

Coz less fayce it: a cupple a stars ain gonna lyte fuck awl are they.

So thass anuvver reason y weave gotta drive aroun awl a them kynd a playsiz: not juss ter catch yore fuckin killers but also ter proteck them pore cunts wot khan alp there-fuckin-selvz.

But iss ard ter tell sum-tymes ain it.

If weir dryvin dan sum fuckin back street & thez sum cunt hurryin dan the road & iz or er foot steps is eckowin off the emty bildinz & thez no street lamps ter lyte there way or nuffink juss a cupple a soddin stars.

Well iss fuckin ard ter tell sum-tymes if that bloke or bird is up ter summink or not.

& yew ain got long ter fink about it neeva.

Yew ain got awl day my sun.

Iss ryte differcult it is, but yewv gotta disside wevver or not that cunt is up ter summink, & yewv gotta do it fuckin kwicklee ain chew.

& as there hurryin dan the road iss lyklee that yorl get a kwick look at there fayces wen yore ed lamps shyne in there eyes fer about wun sekund.

& in that fleetin sekund yew gotta fink ter yore-self, well Lockie duz that cunt look lyke a crim or a killer or summink or der thay juss look lyke an ordinree bloke or bird wot is juss go-inn about iz or er lore-ful.

& iss ryte fuckin ard ter tell sum-tymes.

But uvver tymes ar raydio'll go lyke:/

> *"Charlie-Uncle-Norfolk-Tango...Charlie-Uncle-Norfolk-Tango...This is Delta-India-Charlie-Kebab...Cum in mate, ova."*

& wheel be lyke:/

    "Roger rodge Delta...Woss up arse-breff, ova."

& ar raydio'll be lyke':/

    "Roger rodge Charlie-Uncle...Lissen mate sum pore cunt juss cawld 99-soddin-9 didden e. Coz the cunt reckunz e saw sum blokes in the shadders aroun the facktrees nex to iz fuckin owse. Go & check it owt fer us yew bunch a wankers, ova."

& wheel be lyke:/

    "Roger rodge Delta...On ar fuckin way yew donut, ova & owt."

So we go & check it owt don't we.

But it don't awl-ways werk duz it.

Coz sum-tymes by the tyme we fuckin show up ter ware-evva the fuck it woz that awl a them killers & crimz woz hydin in the shadders by the facktrees the bastards av fucked off ain they. The cunts av dissa-fuckin-peerd back inter the nyte & the shadders & the dark.

So wot do we fuckin well do then eh.

Well it awl dippenz don't it.

Praps wheel fink o well we mist them cunts this tyme less cawl it a fuckin day ladz.

But anuvver tyme wheel fink wares that cunt live wot rang 99–bastardin-9 eh, praps eez a fuckin killer iz-self or a crim a sum sort & e wonnid ter put us off & send us on sum kyne dov a wyld goose chase or summink so im & iz mates can do sum sort a robberee or murder or wot-evva.

So praps wheel juss go roun to iz place & sort that cunt owt wunse & fer awl.

Wheel go & giv the cunt wot for, coz e woz waistin ar fuckin tyme. & so wheel nock on iz dor won't we.

& wheel be lyke:/

    "Open up yew cunt iss the coppers ain it."

& eel be lyke:/

    "O hello offisa did yew boyz catch them cunts wot woz creepin aroun din the fuckin shadders by them facktrees then."

& wheel be lyke:/

    "Lissen mate don't giv it awlryte."

Coz thass the werse fing e cood a sed ain it.

Tryna cum awl innersent & shit.

& eel be lyke:/

    "O I don't no wot yew mean offisa."

So wheel be lyke:/

    "Lissen yew cunt that shit juss don't wosh wiv us free alryte. We reckun yew woz up ter summink, & thass y yew wonnid ter send us on that wyld fuckin goose chase."

& wheel take that cunt inter custardy won't we.

& beet the fuck owta vim.

But enny-way thass awl bisyde the fuckin poin.

Coz we woz crewzin aroun wozzen we.

As per fuckin normal lyke.

& I woz dryvin wozzen I, lyke I awlreddy sed.

& we saw sum cunt didden we.

Sum bastard wot woz actin ryte dodgy.

Thass wot The Sarge sed.

I didden reelee get that much ov a look did I.

Coz I woz dryvin wozzen I.

Dan the eye street.

Pass dawl a them lytes & shit.

& blokes & birds go-inn about there lore-ful.

& awl ov a sudden The Sarge is lyke:/

    "Oy Lockie less juss take a leff dan turn up ear, & av a fuckin shooftie mate."

& I'm lyke:/

    "Wot juss up ear nex ter this fuckin awl-nyter garridge Sarge. Y dew wonna go dan there mate."

& The Sarge is lyke:/

    "I juss fuckin well do don't I. I got an unch ain I."

& I'm lyke:/

    "Wot kyne dov unch av yew got then mate."

& eez lyke:/

    "Juss fuckin do it chew cunt."

Then e juss looks at me & size.

E less owt this grate big fuckin sye duzzen e.

& e shayks iz ed & awl.

Juss soze I no eez ryte pist off wiv me.

& then eez lyke:/

> *"Fer fucksake Lockie ole sun, dew evva do as yore bastardin well toll mate. Juss shut the fuck up & dryv yew cunt."*

& I'm turnin the wheel & go-inn lyke:/

> *"Sorry Sarge I woz juss intrestid thass awl."*

But e don't say nuffink duz e.

So I juss shut the fuck up lyke e sed.

& iss raynin ain it.

& I got the fuckin wypers on avven I.

But them cunts don't make that much difrenss do they.

& tell the troof I can ownlee juss see the soddin road.

Coz ov awl a them bastardin rayndrops on the soddin win-scream.

So I khan reelee see fuck awl.

& I'm fuckin consentraytin ain I.

On the road lyke.

& awl ov a fuckin sudden The Sarge is lyke:/

> *"Stop the fuckin van yew cunt."*

& fer wunse I don't ask the bastard y.

I don't ask im nuffink.

Not coz I don't wonna no but juss coz a wot e sed juss now about me not evva do-inn nuffink wot I'm fuckin toll dan y don't I juss shut the fuck up fer wunse.

So lyke I say this tyme I don't ask y.

I juss slam me fuckin foot dan.

Put the cuntin brakes on don't I.

& the van skids a lil bit don't it on acount a the rain.

But I cuntrol it don't I.

& I pulls up lyke e sed.

& I'm ryte pleezd wiv me-self so I turns ter The Sarge & I'm lyke:/

> *"Thass maw lyke it Sarge eh."*

But eez fucked off awl reddy ain e.

Eez gon.

& the dore is open & a few a them bastardin rayndrops start ter spatter onto iz seet.

So I juss wotch them lil cunts don't I.

& there shynin ain they.

On acount a the fuckin inteeria lyte wots on coz the dors open.
& the dor is wayvin slytlee on acount a the breez.
& the coal nyte air is blowin on me face.
& I'm finkin ware the fuck av ole Blakie & The Sarge gon then eh.
& then I ear there fuckin foot steps don't I.
Runnin dan the street.
& thass wun fing about be-inn a copper.
Yew gess to ear the sand a footsteps a fuck ov a lot don't chew.
& sum-tymes iss lyke this: to or free pairs a feet juss clatterin dan the back streets & awl eckowin off the emty facktrees & shit.
& uvver tymes thez fowzunz a the cunts awl runnin at the same fuckin tyme.
& thass a difrent sand awl-ter-gevver ain it.
Iss maw lyke the sand a the wind blowin thru the fuckin treez in summa.
Or the sand ov a flock a birds in the ortum.
Yew no lyke fowzunz a stalins flyin roun the big bildinz in the middle a town.
& yew can ear awl a there fuckin wings beetin khan chew eh.
& iss juss lyke this kynd a murmerin sand.
& thass wot it sandz lyke wen yewv got a coupla fowzun blokes & birds awl runnin at the same tyme.
A kynd a murmurin sand.
& the funny fing iz yew no ow them flox a stalins can juss chainj direckshun awl at the same tyme & yew fink well ow the fuck do them lil cunts do that eh.
Well iss the same fing wen wun a them crowds ov a coupla fowzun blokes & birds ar runnin dan the street or into a big city skware or summink & suddenlee a van'll pull owt ov a syde street or a lode ov coppers on orsiz'll charj em & iss the weirdiss fing coz awl a them fowzunz ov blokes & birds juss chainj direkshun at ixzacklee the same fuckin momen don't they.
& iss juss lyke wun a them flox a stalins.
But lyke I say, I ear them foot steps a runnin dan the street & a splashin frew awl a them puddles & shit.
& I'm peerin frew the win-scream & the cuntin wypers ar still go-inn & I'm peerin frew awl a the rayndrops & the smearin

trax leff by the wypers & I can juss about see The Sarge & ole
Blakie a runnin dan the street.
& The Sarge is runnin kwyte fuckin fast fer a man ov iz bild like.
& ole Blakie is try-inn ter keep up wiv im.
& thass wen I realyze that sum uvver cunt is runnin & awl.
& coz iss so dark & there ain no street lamps in this fuckin back
street iss ryte ard ter see ain it.
But I can juss a-fuckin-bout see em catchin that fucker khan I.
& I'm finkin ter me-self, fuckin ell Lockie ole sun I don't no ow
The Sarge duz it but iz unchiz ar ryte most a the fuckin tyme.
So they grab the fucker don't they & kynd a pull im dan.
So this fuckin killer or wot-evva is on the ground ain e.
& I can see The Sarge & ole Blakie kickin fuck owt a that cunt.
& then I can ear the cunt shoutin summink lyke:/
   "O no pleez don't kick me no mor I wozzen do-inn nuffink."
But they keep on bootin im don't they.
Coz if thez wun fing that The Sarge don't lyke iss sum cunt wot
e nose is giltee as fuck sayin that e ain dun nuffink.
That reelee gess on The Sarge's tits don't it.
So I'm finkin o shit mate yew shooden a sed that yew stewpid
cunt now eez reelee gonna do yew ain e yew toss pot.
& eeven wyle I'm finkin that I can see that The Sarge az reelee
lost iz tempa.
& that killer iz gettin kicked ter kingdum fuckin cum ain e.
& then Blakie pix that fucker up & drags im frew the puddles &
shit & then dumps im on the payvment duzzen e.
& iss ard ter see juss wot is go-inn on coz ov awl a them rayndrops
sparklin on the win-scream but I'm peerin frew lyke, & awl I can
see is The Sarge wiv iz trowzas dan aroun diz fuckin knees.
& iss a bit ard ter see enny-fink else coz fer a start iss a ryte dark
ole back street ain it.
Plus thez the fack that the cunts are a fuck ov a long way away.
& then juss wen I'm gettin a ruff idea ov woss appenin ar bleedin
raydio ownlee goes & starts cracklin inter bleedin life again.
& ar raydio goes lyke:/
   "Charlie-Uncle-Norfolk-Tango…Charlie-Uncle-Norfolk-Tango…
   This is Delta-India-Charlie-Kebab…Ar yew receivin me, ova."

& I'm lyke:/

    "Roger rodge Delta...This is Charlie-Uncle-Norfolk-Tango... Receivin yew loud & proud, ova."

& ar raydio's lyke:/

    "Roger rodge Charlie-Uncle...Lissen mates there sum Serius Fuckin Go-inns On cummin dan.Yew bunch a cunts ad bess go & sort it owt lyke, adden chew, ova."

& I'm lyke:/

    "Roger rodge Delta...Whassup mate."

& ar raydio's lyke:/

    "Roger rodge Charlie-Uncle...Juss get the fuck ova there alryte."

& I'm lyke:/

    "Roger rodge Delta...On ar fuckin way, ova & owt."

So I reckun that by this tyme I'd mist most a wot woz go-inn on wiv The Sarge & ole Blakie & that fuckin killer wot they woz appre-hendin coz by the tyme I'd cloze the fuckin dor & got the cuntin van inter gear & got the fuck ova there it woz awl ova wozzen it.

& I'm lyke:/

    "Get in the fuckin van yew bunch a cunts, coz thez Serius Fuckin Go-inns On cummin dan & weave gotta get there prittee fuckin sharpish. So juss leave that fuckin killer ware e is & less get go-inn."

& ole Blakie goes lyke:/

    "Well that killer ain go-inn no ware is e Sarge."

& The Sarge is tuckin iz shirt back into iz trowzas & do-inn up iz belt & go-inn:/

    "That cunt ain a killer no mor is e sun. Coz I juss cured im didden I. Cum on Lockie, moov ova sun. I'm dryvin."

& ryte now, wyle I'm runnin awl a this frew me nod, I'm finkin that praps iss about fuckin tyme that I toll dew about The Sarge.

3

Well wun a the fings about The Sarge asyde from the fack that eez in charj ov me & ole Blakie, the fack that eez ar su-fuckin-peeria offisa, is that eez a ryte good bloke ain e.

& we do av a ryte ole larf, the free ov us, lyke I awlreddee sed problee.

But thez uvver stuff about The Sarge & awl.

Coz eez speshul ain e.

Thass ryte.

Eez wun ov a fuckin kynd that cunt.

See The Sarge is wot yew myte cawl a man wiv a wot-evva.

A fuckin mishun.

& awl-so e sez that e ain ov this wot-evva.

This Erf.

E sez that e woz put here fer a cuntin reezun wozzen e.

I mean iss ard ter say coz e loox and axe lyke yor regular yewman be-inn, lyke yore regular copper.

A ryte fuckin cunt in uvver words.

A ryte cuntin bastard.

But e az this nollidj duzzen e.

Ov the priverlidged variety.

On acount ov e can cure the cunts khan e.

The crimz & the killers & the nonsiz & the rapiss & the arsoniss & shit.

E awl-ways sez ow there ain much that the ad-fuckin-ministrayshun ov a few undred million ov iz jeneticklee enjineerd nanobots khan sort owt.

Course a lot ov the tyme the cunts reziss.

They don't wanna be cured do they.

Coz they don't no woss good fer em.

Then eez gotta bash em & awl.

& e gess this fuckin grate wot-evva, but iss not coz eez lyke ternd on or enny-fink.

Just coz thass the way e woz programd:/

    "Iss juss the most effishunt fuckin delivree system yew cunt."

& me & ole Blakie don't ar-gew wiv im.

Me & ole Blakie sort ov arf fink eez wun fuckin mad cunt & arf sort ov berleev im.

& I mean if e is a ryte mad cunt then maybe we shood, yew know, yewmer im coz uvver-wyze if we dissa-fuckin-greed wiv im e myte get the idea into iz nod that me & ole Blakie need curin & awl.

Lyke weir crimz & awl or summink.

& thez no tellin wot myte appen if e fort that.

& on the uvver rand, if eez lyke tellin the fuckin troof then we shood lyke yewmer im to, coz oo'd wonna get on the rong fuckin syde ov a cuntin 'Yew–No–Wot'.

& a 'Yew–No–Wot' wiv a mishun at that.

So jenrallee we juss fuckin nod & agree wiv im lyke.

So thass the most important fing about The Sarge enny-way.

Thez maw but I'll tell yew lay-ter.

Coz like ar raydio sed, weave got sum Serius Fuckin Go-inns On to attend to avvent we.

& The Sarge is dryvin now.

& weave left awl that fuckin city behind us ain we.

Awl them soddin lytes & shadders & awl a them mad fuckin killers & blokes & birds & awl-nyter garridgiz & kebab shops & sinnermahz & owziz & street lamps & shit.

& The Sarge is at the soddin wheel.

& these dark dark cuntree nytes make im nervuss don't they.

There inuff ter make enny cunt fuckin nervuss.

Thez no cuntin street lamps in the cuntree fer a start.

So iss awl dark dark fuckin nyte & shadders evree-fuckin-ware.

& bleedin sheep-shaggin cunts behynd evree soddin edj.

Plus lodes a grate big bleedin treez evree-fuckin-ware.

& wot wiv undreds a them stars in the sky & awl iss inuff ter give a bloke the fuckin wot-evas.

A bloke or a bird.

Even a fuckin copper.

So arter a coupla vowers a dryvin inter the art ov fuckin darkness as it whirr ar raydio crackles inter life.

"*Charlie-Uncle-Norfolk-Tango... Charlie-Uncle-Norfolk-Tango... This is Delta-India-Charlie-Kebab. Report chore perzishun pleez, ova.*"

So Blakie, ooze a right dozey ole tosspot, reechiz ova & yanks the fing off iss wot–evva:/

"*Er, roger rodge Delta. Charlie-Uncle-Norfolk-Tango...eddin wess...er, norf...on the, er...ang on a sec. Ear Sarge, ware the fuck ar we?*"

& The Sarge goes:/

"*O juss fuckin wake up yew dopey cunt.*"

& eez lyke:/

"*Oo ar yew cawlin a cunt?*"

& The Sarge is lyke:/

"*Yew, Shit-fer-braynz. Now shut the fuck up & giv it ear dick-breff. Er, roger rodge Delta. Charlie-Uncle-Norfolk-Tango...on root fer S.G.O. as per instrukshunz.*"

Then e looks at iz wotch:/

"*E.T.A. about O-to-fuckin-undred ours. Will advyz as & wen, yew cunt. Charlie-Uncle-Norfolk-Tango, ova & owt mate.*"

& I'm lyke pretendin ter sleep in the back a the cuntin van wen The Sarge ternz aroun dan goes:/

"*Oy! Lockie yew cunt! Yew ain avvin a fuckin bottle bak there ar yew eh!*"

& I'm lyke:/

"*Fuck off Sarge! I'm try-inn ter get sum fuckin kip arn I!*"

& eez lyke ternin aroun dan leerin at me, & then e ternz to ole Blakie & goes lyke:/

"*Ear Blakie, iss a bit fuckin kwyet in the bak ain it mate eh. I rekun that ar kolleeg is avvin a kwik bottle wot dew rekun mate.*"

& ole Blakie don't say nuffink duz e.

E juss lahfss duzzen e.

& then The Sarge ternz iz ed round a bit, not soze eez acksherlee lookin at me but juss soze I no that eez tawkin ter me lyke.

Eez still got iz eyes on the fuckin road lyke coz eez a good dryver iz The Sarge.

Wun a the fuckin best e awl-ways sez.

& e goes lyke:/

> *"Well sun, a manz gotta do wot a manz gotta do, but don't go maykin a fuckin mess bak there awlryte sun."*

& I'm lyke:/

> *"Shut up Sarge I wozzen avvin a fuckin bottle mate, onniss."*

& eez lyke:/

> *"Sawl-ryte sun, yew don't aff ter deny it. I no yew woz avvin a fuckin bottle on acount a the fack that chore a ryte fuckin wanker ain chew eh. But don't let me stop yew sun. Yew juss go ryte a-fuckin-ed mate. Juss make shore yew cleen up arter yerself yew filfee lil cunt."*

Then e ternz to ole Blakie and goes:/

> *"Wot a fuckin cunt eh, I rekun e fort we wooden fuckin notis wot e woz fuckin do-inn back there ain it Blakie."*

& ole Blakie don't say nuffink duz e, juss fuckin lahfss, the cunt.

& I rekun I'd beta juss fuckin shut me cuntin gob, coz uvver-wyze I'm juss gonna dig a deepa fuckin ole fer me-self.

& them to cunts'll nevva stop taykin the fuckin piss owta me.

Coz denyal iz the shore-iss syne a fuckin gilt.

& the mor I say I wozzen avvin a fuckin bottle, the maw them to cunts'll fink I acksherlee woz.

& I'll end up fuckin bileevin it me-self most problee.

So I don't fuckin say nuffink.

& I got an itchy fuckin arse & awl, on acount ov spendin awl day & awl nyte sitt-inn on theez fuckin plastik seets, but I ain gunoo itch the fucker coz if them to cunts erd me skratchin they'd say I woz avvin a bottle wooden they.

The cunts.

So I juss sit there don't I.

& shuv me boot at the pyle ov ole fuckin taykaway cartonz on the flor & the pyles ov dirtee fuckin cloze.

So the back a the fuckin van stinks ov ole Blakie's armpits & damp fuckin polyester & lyke the binz owt the back ov sum shit fuckin kebab shop or uvver wen The Sarge is stitchin up sum ole slag soze she'll giv im a blow job, wiv awl stayl peetzaz &

shit evree–ware & bits a cardboard boxiz soakt in bernt fat & awl bits a salad owt a fuckin burgers wot av gon off.

& I juss keep schtum.

& I ate them to cunts sumtymz I reelee fuckin do.

& then ar radio goes lyke:/

"*Charlie-Uncle-Norfolk-Tango... Charlie-Uncle-Norfolk-Tango... This is Delta-India-Charlie-Kebab... Cum in pleez, ova.*"

& The Sarge is lyke:/

"*Roger rodge Delta... Woss up yew cunt, ova.*"

& Delta goes lyke:/

"*Roger rodge Charlie-Uncle... Woss go-inn on... Ain't chew fand nuffink yew donuts.*"

& The Sarge is lyke:/

"*Roger rodge Delta yew cunt, no we fuckin avvent awlryte, iss awl kwyet owt ear mate. Ain nuffink go-inn on owt ear. & less fayce it mate, if a fuckin badger farted weed fuckin no about it wooden we eh. Khan see fuck awl tho mate. Ova.*"

& Delta's lyke:/

"*Roger rodge Charlie-Uncle... Juss keep fuckin lookin then yew cunts. Juss coz yew ain fand it don't mean it ain fuckin there duz it eh, ova.*"

& The Sarge is lyke:/

"*Roger rodge Delta. Don't fuckin giv it, awlryte. Ova & owt chew twot.*"

4

& thass the last fuckin fing I can rimemba. The Sarge juss go-inn lyke:/

"Ova & owt chew twot."

& the nex fing I no thez juss this totallee bryte lyte ain there eh.
Lyke fuckin day-lyte or eeven fuckin bryta than that.

More lyke a fuckin flash but longa.

Lyke if sum cunt woz taykin yer pick-cher & the cuntin flash
went off & then it didn't go off, I meen the flash cum on & then
it didn't go off, no thass rong coz if a flash goes off that meenz
iss cum on duzzen it, coz fer sum reezun or uvver wen a camra
flash goes on we say iss gon off don't we, but we meen that the
cunt's cum on, but it woz about as bryte as a fuckin flash gun a
sum sort enny-way, thass the closiss fing I can fink ov, it woz
about as bryte as a camra's flash gun, but if yew can imadjin wun
a them cunts go-inn off & stayin gon off, stayin on in uvver
werdz, thass wot it woz lyke.

Az bryte as that.

& awl a-fuckin-round us.

& we ain acksherlee in the soddin van no maw.

Don't ask me ow coz I don't fuckin well no.

Maybe The Sarge stopt the fuckin van lyke & went:/

*"Cum on yew bunch a cunts less go & in-fuckin-vestigayt ware this
fuckin lyte is cummin from. Owt chew fuckin get."*

Maybe thass wot append but ter tell the fuckin troof I don't
rimemba fuck awl.

Not a fuckin fing.

Iss a cuntin mistree ain it eh.

But suddenlee lyke, thez me The Sarge & that dozee cunt Blakie.
Awl free ov us.

But we ain in the fuckin van no maw.

We ain in enny-fing as far as I can tell.

Far as I can tell weir angin in the air sum-ware & weir awl travlinn in a jenrallee upwoods direkshun.

Lyke weir in a cuntin lift.

But a course we ain.

Thez juss this soddin light.

& iss awl a-fuckin-round us ain it.

& it is fuckin bryte I can tell yew.

Bryta than yore soddin firewerks or fuckin flashguns or wot-evva.

Them fingz ar bryte inuff but nuffink lyke as bryte as this.

No ware fuckin near mate.

& iss urtin me eyes ain it.

So I screwz up me eyes & I looks at The Sarge & then I looks at ole Blakie.

& ole Blakie don't look to fuckin good I can tell yew.

E don't look to fuckin good at awl the pore cunt.

& then I looks at The Sarge & eez got sum red shit cummin owt a vis noze & it fuckin looks lyke soddin blud is wot it looks lyke.

& I fink well eeva reez acksherlee juss a fuckin bloke lyke yew or me or else e reelee is a fuckin good top a the fuckin raynj 'Yew-No-Wot' juss lyke e awl-ways sez e is.

Top a the fuckin raynj & ekwippt wiv the most ixpensiv kynd a 'Real Blood™'.

& I'm puzzlin ova that one a bit, runnin it frew me nod.

But then I see im lookin at me & I don't want im ter see me finkin lyke do I.

Coz as far as eez concerned finkin is anuvver crim fuckin tendency & lyke I say eez got juss the fing ter sort that owt.

Im & iz fuckin nanobot delivree system.

I don't fansee gettin on the rong fuckin end a that I can tell yew.

& weir juss travlin upwoods in this fuckin lyte & I fink I rimemba readin about ow wen yor ded iss lyke thez this fuckin tunnel a light & thez awl these grate blokes & birds waitin at the uvver end a this cuntin fing.

Summink lyke that enny-way.

& I run that frew me nod a bit, then I look at The Sarge & I'm lyke:/

   "Ear Sarge, are we soddin ded or wot mate?"

& eez lyke:/
"I don't fuckin no Lockie yew cunt. Ow the fuck shood I soddin
well no mate."
& I'm lyke:/
"Sorry Sarge I woz juss askin"
& then I'm lyke:/
"Did we av sum sort a crash Sarge, ownlee I khan alp notissin that
we ain in the fuckin van no maw Sarge. Wot appen mate. Did we
crash the fuckin van or summink, ownlee I khan seem ter rimemba
fuck awl about it mate."
& The Sarge is lyke:/
"Don't fuckin giv it Lockie ole sun. I avven got a fuckin clew av I
eh. Juss shut yor fuckin trap fer a sek sun eh."
So I do don't I eh.
& up & up we fuckin well go don't we.
Fuckin myles mate.
& it looks as if The Sarge az fuckin nodded off again since eez
got iz eyes closed ain e.
Course it myte juss be coz a the lyte.
& ole Blakie's acksherlee lookin pretty fuckin mutch lyke a
ded cunt.
& still up & up we go & thez no syne ov us stoppin juss yet.
& I rekun maybe we ar soddin well ded.
But I sort a don't mynd coz I rekun thez gonna be awl a them
grate blokes & birds waitin fer us wen we get there lyke.
& also thez problee gonna be me nan up there & awl.
Not ter menshun God & awl them cuntin ainjulz & shit.
& them cunts ar awl gonna be fuckin waitin ter meet us ain they.
Me nan & me fuckin grandad & awl a them uvva cunts wot
dyde & awl.
& awl a them cunts ar gonna be wait-inn aroun lyke iss sum
sort a fuckin supryz birfdee partee or summink & I wooden
mynd that at awl coz iss bin fuckin yonks since I ad wun a them
kynd a birfdee partees in fack cum ter fink ov it I don't fink I
evva rad wun a them cunts.
Nevva.
So up & up & up we go & I'm finkin about ow nyse iss gonna

be seein me nan & God & shit.

But thez a lil part a me wot khan alp finkin about wot the fuck awl them soddin ded cunts ar gonna look lyke.

Fer fucks sake I meen me nan's bin ded fer fuckin yonks ain she.

I mean shit there problee ain gonna be much a the old cow leff diz there.

Sheez problee juss a cuntin skeleton by now.

Or eeven fuckin werse.

Problee sheez juss a fuckin lode a dirt & worms & slime & shit lyke that.

Awl a them bastards problee gonna be lyke that ain they.

Iss problee gonna stink werse than ole Blakie's shit up there.

& I fink ter me-self fer fucks sake I ain ixzacklee lookin forwood ter this no maw.

I ain lookin forwood ter gettin ware-evva the fuck id is weir go-inn.

I don't fansee avin a party wiv nun a them stinkin rotten cunts.

& weir still go-inn up & up ain we.

But then I starts ter finkin ow it myte awl be a terribul mistayk or summink.

& praps that wooden be so bad coz maybe wen we get up ter ware-evva the fuck id is weir go-inn them cunts'll be lyke:/

> "Ello Lockie wot the fuck yew do-inn up ear. It ain chore fuckin tern yet my sun, so fuck off yew stupid cunt.'

& they'll be lyke:/

> "Yew awl-ways woz a ryte dozy cunt wozzen chew Blakie. Khan chew get fuckin enny-fink ryte yew stewpid tosspot."

& they'll go:/

> "Fer fucks sake Sarge yew got fuckin yonks dan there yet chew soddin wankstayn. Yew taykin the piss or wot. Go on fuck off back dan ware yew cuntin well bilong yew tosser."

& wheel awl go lyke:/

> "O go on Nan & God & awl yew uvver bastards, let us in iss so fuckin warm & luvvin up ear wiv yew cunts."

& they'll be lyke:/

> "N.O. spelz no, yew fuckin stupid or wot. Go on fuck off owt a vit yew bunch a cunts."

& wheel be lyke:/
> "O go on yew lot. Let us in. Iss juss gonna be so crap dan there on
> Erf now. Plus the fack that weir awl coppers & therefor weir fuckin
> grate blokes or wot-evva & we ain gonna plant nuffink on no wun,
> or tayk nun a yew cunts inta custardy & beet the fuck owt a yew.
> Weir juss grate blokes wot lyke a good fuckin gigl don't we."

& they'll be lyke:/
> "Sod off yew cunts we ate coppers to, so juss fuck off & don't cum
> back, not fuckin nevva alryte."

& then wheel be lyke:/
> "Fank fuck fer that yew stupid cunts, we woz avvin yew on. We
> didden wanna fuckin cum in enny-way coz yew cunts stink werse
> than ole Blakie's shit."

& wheel be fuckin pissin arselvz I reckun.
& maybe wheel beet the fuck owt a one a them ainjulz
or summink.
We'll boot awl that dirt & slime awl ova the cuntin shop.
& they'll be lyke:/
> "Ah no don't. Iss alryte yew can fuckin cum in now we woz ownlee
> jokin lyke."

& wheel go:/
> "Nah we chainjd our fuckin mynds."

& God or wot-evva will be lyke:/
> "No go on fellers fer fucksake we lyke coppers reelee, ownlee thez
> no soddin killers or nonsiz or arsoniss or rapiss or nuffink up ear,
> but cum in enny-way lads."

& wheel be lyke:/
> "Fuck off God yew donut."

& then wheel problee juss fuck off back dan to Erf won't we eh.
& maybe wheel mayk a fuck ov a lot a cash from the Bleeder's
Dyjest coz they awl-ways av them near def ixpeeriensiz in there
don't they.
& it'll be a ryte fuckin lahf.
So as yew myte ov gesst if I've got tyme ter run awl that frew
me nod it muss ov tayken a fuck ov a long tyme ter get ware it
woz we woz go-inn.
& if thass wot yore finkin yewd be fuckin ryte wooden chew.

Coz it took fuckin yonks didden it eh.

But then juss as sudden as enny-fink we wozzen fuckin moovin at awl.

We woz juss still.

Juss fuckin angin there.

& iss eeven bryta than evva now.

Iss juss so fuckin bryte I can ardlee eeven see The Sarge & Blakie eeven tho the cunts ar ryte in fuckin frunt a me nose.

& I'm lyke:/

> *"Ear Sarge. Woss awl this then. Praps we ain eeven fuckin ded. Av yew got enny bryte i-dearz mate?"*

& eez lyke:/

> *"Wot is that supposed ter be sum kynd a fuckin joke Lockie or wot. Don't be a total cunt awl yer cuntin life fer fucksake. Juss wait & see ain it chew dipstick."*

5

So we wayt don't we eh.

We wayt fer wot seemz lyke fuckin yonks.

& then them lytes or wot-evva juss get gradjerlee fuckin dimma & dimma don't they.

& iss juss lyke normul kynd a lyte ain it.

& the free ov us is juss angin there in this fuckin room ain we.

& iss awl gleamin & spotless & shit.

Awl fuckin wyte & shynee.

& I'm lyke:/

> *"Ear Sarge iss juss lyke bleedin Star Trax ain it. Iss lyke the inside a one a them cuntin spay ships ain it."*

& e juss looks at me wiv this look zif ter say juss don't push it Lockie yew cunt ownlee e don't say nuffink.

& I don't no ow long weir juss angin there for.

Kwyte a fuckin long tyme I can tell yew.

So I get to av a good look at The Sarge wiv-owt im reelee no-inn that I'm do-inn it.

I juss get a swiff peek at the cunt evree now & then wen-evva e ain lookin my way but I still khan fuckin tell wevva iss ordunree blud cummin owt a vis noze or 'Real Blood™' so as ter wevva reez juss dan ordunree bloke or a soopa-fuckin-doopa 'Yew-No-Wot' I ain nun the fuckin wyza.

& that ole cunt Blakie still stinks to eye fuckin evvan.

& I'm lyke:/

> *"Blakie!"*

But e don't say nuffink.

& The Sarge is lookin at me lyke I got a fuckin screw loose or summink.

& I'm lyke:/

> *"Oy, Blakie! Wakey wakey yew tosspot."*

But e still don't say nuffink.

& iz ed is kyne dov angin there.

& wen I look dan I see a big puddle a blud on the soddin flor.

Iss pretty sertun that iss juss ordunree blud tho.

Wot wiv Blakie be-inn sutch a ryte dozy cunt thez no way e cood be a 'Yew-No-Wot'.

No fuckin way at awl.

Shit if sum cunt woz stupid inuff ter programme wun a them cunts ter cum owt lyke Blakie they'd get the fuckin sack strayt away wooden they eh.

A stupid dozy tosspot lyke Blakie wooden get past the fuckin kwollertee cuntroll manidga wood e.

So the evadenss as we say in the force is stackt up agennst im lyke.

& iss a good bet that eez juss dan ordunree bloke lyke yew & me.

Or woz I shood say, coz I rekun the cunt is soddin well ded ain e.

So I looks at The Sarge & I looks at por ole Blakie & I'm lyke:/

    "Eez fuckin ded ain e mate."

& The Sarge is lyke:/

    "Wel Lockie ole sun, I khan say fer shor now can I eh, on a count ov I ain a fuckin dokter like. But on balunss I wood aff ter say yes mate, I fink yew cood be right fer wunce in yore cuntin life."

& I look dan at the fuckin flor & I'm lyke:/

    "Thass juss ordunree blud ain it Sarge?"

& The Sarge is lyke:/

    "Yeah iss juss ordunree blud Lockie. Blakie woz juss an ordunree deesunt copper & yore avridge kynd a bloke & iss a ryte ole fuckin shaym that e apeerz ter be ded."

Then The Sarge looks at me duzzen e.

& eez lyke:/

    "Still e woz a ryte dozy cunt tho wozzen e Lockie eh?"

& I'm lyke:/

    "To fuckin ryte Sarge. Fer fucks sake e woz so fuckin dozy. That cunt cooden ov plantid summink on a ded bloke wiv-owt gettin rumbled."

& The Sarge is lyke:/

    "Yeah Lockie wot a fuckin wanker eh"

& I'm lyke:/

    "Fuckin ell, that dozy cunt eeven use ter fawl asleep wen e woz

reedin iz wank magz up at the fuckin stayshun didden e Sarge."
& we woz ryte pissin arselvz eeven tho we didden fuckin no
ware the fuck we woz & the free ov us woz juss dangin in the
fuckin air wiv no vizzerbul meenz a support in this gleemin
shynee room lyke off Star Trax.
But then The Sarge went awl fuckin seerius lyke & e lookt at
Blakie angin there & e lookt at the fuckin ordunree blud on the
flor & then e lookt at me & eez lyke:/

*"Still Lockie eh, e myte ov bin a ryte dozy wankstayn but iss a soddin
shaym that the cunt is ded. E wozzen that fuckin bad woz e."*
& I'm lyke:/
*"Yeah yor right Sarge e myte ov bin a cunt but e woz the salt a
the fuckin Erf wozzen e. Juss a bit ole fuckin fashund thass awl."*
& The Sarge is lyke:/
"Wern iz fawlt tho sun woz it eh."
& I'm lyke:/
*"Thass ryte mate. It wozzen iz fawlt if e woz crap at plantin drugs
on blokes.*

*& it wern iz fawlt if e woz a yewssliss cunt wen it cum ter puttin
the fuckin boot in.*

*& it wern iz fawlt if e awl-ways sed mornin ter blokes & birds in
the street.*

*& it wern iz fawlt if e polisht iz fuckin boots evree fuckin day wiv
reel fuckin boot polish sted ov instant fuckin shyne.*

*& it wern iz fawlt if e use ter stop the van if e saw a fuckin cat on
the road sted a dryvin strayt ova the cunt.*

*& it wern iz fawlt if e woz crap at gettin cuntin confeshunz owt a
stewpid blokes.*

& it wern iz fawlt if e woz crap at torcher.

*& it wern iz fawlt if e didden try & fit up mental blokes & birds
fer stuff they didden do juss so e got iz figgerz.*

*& it wern iz fawlt if e wozzen awl-ways tryna shag the W.P.C.s &
fill there soddin tits & arses & stuff.*

& it wern iz fawlt if e didden evva try & play the fuckin game.

*& it wozzen iz fawlt if e didden awl-ways try & arress birds so e
cood get the slags ter suck iz dick in the van.*

& it wern iz fawlt if e didden fink that awl por blokes woz giltee.

& it wern iz fawlt if e didden ide iz cuntin numba wen e woz arrestin sum cunt or uvver.

& it wern iz fawlt if e didden ate blak blokes & birds.

& it wern iz fawlt if e didden wanna rayd awl a them blooz dahnsiz & shit.

& it wozzen iz fawlt if e didden wonna boot in no fuckin speekaz wot sum por stewpid doley cunt mayd iz soddin self.

& it wern iz fawlt if e didden alp us ter smash up them fuckin bussiz & vans.

& it wern iz fawlt if e didden fink yung blokes & birds wern to soddin bad wunss yew got ter no the cunts.

& it wern iz fawlt if e didden lyke ter beet up drunk blokes & ask em stewpid fuckin kwesschunz wen they woz juss tryna get sum soddin kip in the afternoon.

& it wern iz fawlt if e didden wayk up blokes & birds sleepin in doorways at 5 a fuckin clok in the cuntin mornin & tell em ter moov on.

& it wozzen iz fawlt if e didden stop evree blak bloke wot e saw dryvin an alryte car.

& it wern iz fawlt if e didden assle tarts then let em off on condishun they giv im a regular free shag.

& it wernt iz fawlt if e didden vote fuckin Tory.

& it wern iz fuckin fawlt if e didden mynd sum cunt cawlin im plod.

& it wern iz fawlt if e didden get evree cunt e brort in the fuckin stayshun ter get there soddin kit off soze we cood awl av a gigl.

& it wern iz fawlt if e didden fink the myners woz reelee the enemy wiv-in.

& it wern iz fawlt if e didden tayk the odd fuckin bung ter turn a blynd fuckin eye.

& it wern iz fawlt if e wozzen a fuckin mayson.

& it wern iz fawlt if e didden fink that blokes & birds wot look a bit soddin diffrunt ar deffinut crimz & go lyke, oo the fuck der they fink they bastardin well ar eh, less tayk them cunts dan a peg or to.

& it wern iz fawlt if e didden av wun rool fer ritch blokes & birds & anuvver wun fer por blokes & birds.

& it wern iz fawlt if e didden nick birds nickers owt a there drawz wen e woz investigaytin berglareez & then wank in em wen e got ohm.

& it wern iz fawlt if e didden wonna gang bang the most pissed W.P.C. in the bogs arter the fuckin stayshun krissmus partee.

& it wern iz fawlt if e didden wonna perjur iz-self in cuntin cort.

& it wern iz fawlt if e didden wonna fuck awl the ovadoses up the arse wyle eez waitin fer the soddin amberlance.

& it wern iz fawlt if e wozzen gonna do the odd bit a werk fer a sertun Mister Nicholas McNicholas ov London N16 awlso nohn as Stoke Newinton Nick.

& it wern iz fawlt if e wozzen gonna boot in sum fuckers indikayters & then do the cunt fer not avvin no fuckin indikayters juss coz e didden lyke the fuckin look a the cunt.

& it wern iz fawlt if e wozzen gonna do coppees ov awl the porn e gess from iz mate dan Dover & then flog em to iz mates at the fuckin stayshun.

& it wern iz fawlt if e didden get ferss pickinz ov awl a them kids dan the fuckin kids ohm.

& it wern iz fawlt if e didden wonna rav an arainjment wiv the local offy ware e less em sell fags ter kids juss so long as e gess iz to undred JP-fuckin-S evree week.

& it wern iz fawlt if e didden ate soddin stewdenss.

& it wern iz fawlt if e didden get fuckin shirtee wiv evree newcummer on iz soddin patch.

& it wern iz fawlt if e didden wonna get iz free drink in evree cuntin pub between ear & kingdom fuckin cum.

& it wern iz fawlt if e didden av a pokit full a fuckin M.O.T. serfuckin-tifikuts.

& it wern iz fawlt if e didden wonna get iz new sheepskin coat off ole Davey Boy evree fuckin krissmus.

& it wern iz fawlt if e didden wonnoo arrest evree bloke & bird wot e erd tawkin wiv a nyrish aksent.

& it wern iz fawlt if e didden lyke spyin on ordunree blokes & birds.

& it wern iz fawlt if nun a viz pulls dyed in fuckin custardy.

I mean fer fucks sake Sarge, wern iz fawlt woz it mate."

& The Sarge is lyke:/
"Thass ryte Lockie. It wern iz fuckin fawlt at awl sun. The stewpid twot juss wozzen cut owt ter be a fuckin copper thass awl."
& then we juss fuckin well pist ar-selvz didden we eeven tho we didden fuckin no ware the fuck we woz & the free ov us woz juss dangin in the fuckin air wiv no vizzerbul meenz a support in this gleemin shynee room lyke off Star Trax.
I praktiklee cuntin well shat me-self soddin larfin I did.
& then I notiss that The Sarge ain larfin no maw.
& I look up at im & eez lookin at me & e goes lyke:/
"Ear Lockie av a bit ov fuckin respeck sun. E is fuckin ded arter awl mate."
& I'm lyke:/
"O yeah sorry Sarge, I woz juss avvin a larf wern I mate. No fuckin disrespeck to ole Blakie. Juss a bit ov a fuckin larf thass awl."
& The Sarge is lyke:/
"O thass alryte Lockie ole sun, yew didden meen nuffink didja. Iss troo tho ain it. Por ole fuckin Blakie, thass iz lahss soddin ride wiv Charlies fuckin Unkles ain it eh."
& I'm lyke:/
"Charlies fuckin Unkles, wot chew tawkin about mate?"
& eez lyke:/
"Thass us ain it Lockie."
& I'm lyke:/
"Wot chew meen mate?"
& eez lyke:/
"Yeah Lockie ole son, iss a joke ain it. On acount a them free ole slags on the tellee & are soddin cawl sine ain it."
& I'm lyke:/
"O yeah I ged it now Sarge, thass fuckin funny mate. But now ole Blakie's ded that means we gotta get arselvz anuvver Jacklin Smiff don't it."
& I no strayt a fuckin way that I've sed summink rong, coz The Sarge looks at me as if I woz a peece a dog shit on iz fuckin shoo don't e.
& eez lyke:/
"Wot the fuck dew meen by that Lockie?"

So I'm lyke:/

> *"O fuck iss juss that there woz free a them ole slags wozzen there Sarge. & thez lyke free ov us & awl ain there. & sintss I got fuckin blond air that makes me Farra Fuckin Force-it, & sintss yore the oldess I'd ov thort a yew as that uvver wun, so that juss leevz Jacklin Smiff fer ole Blakie don't it. & I meen, I no that Jacklin Smiff woz lyke a ryte taystee bird & awl that, & Blakie woz a ryte disgustin & dozy ole wanka, but if I'm Farra Fuckin Force-it & yore that older wun then eez gotta be Jacklin Smiff ain e Sarge."*

& The Sarge is lookin at me lyke e wonss ter kill me ain e.

So I'm lyke:/

> *"O fuck I meen franklee tho Sarge I awl-ways fanseed that uvver wun enny-way, yew no that uglee ole slag, woss er fuckin naym enny-way."*

& if looks cood fuckin kill I'd a bin as ded as ole Blakie at that fuckin poin in tyme, so I'm lyke:/

> *"O fuck I don't meen that I fansee yew or enny-fink Sarge. I woz juss tryinn ter make yew fill better thass awl. Wot woz that ole slag's name enny-way."*

& The Sarge is lyke:/

> *"Fer fucks sake Lockie I swair that if I wozzen angin in mid-fuckin-air in this fuckin room on this soddin spay ship or ware-evva the fuck it is that we are I wood fuckin kill yew mate. Don't get me rong. Yore ryte about Farra Fuckin Force-it. Thass yew alryte coz yoov got fuckin blond air lyke she ad ain chew eh. But fer fucks sake, ole Blakie ain Jacklin Smiff, I fuckin well am yew cunt. Coz less fayce it mate, she woz definutlee the bess fuckin lookin wun wozzen she. The bess lookin wun owt ov awl a them ole slags. & I'm definutlee the bess lookin wun owt ov us free. & less fayce it & awl, the reason no cunt can rimemba that uvver wuns name or nuffink is coz she woz a ryte uglee ole cow wozzen she eh. Speshullee compaird ter Jacklin Smiff. & sintss ole Blakie is the ugliess wun owt ov us free e shood be the ugliess wun a them shooden e. Ware-as Jacklin Smiff woz the biggess fuckin star wozzen she, & I'm The fuckin Sarge ain I, so I shood be the biggess fuckin star shooden I. Correck me if I'm rong Lockie ole son, but I'm definutlee Jacklin Smiff, & ole Blakie, may e ress tin peece woz*

definutlee that uglee ole slag wot no bastard can soddin well rimemba. So in fack weir gonna need anuvver ruglee ole bastard ain we. If we evva get owt ov ear that is. Ain that ryte Lockie ole sun."
& I'm lyke:/
"Yeah Sarge I spoze yore fuckin ryte there mate. Sorree about that it woz juss da fuckin mix up wozzen it. Yore ryte tho, yore definutlee betta lookin than ole Blakie evva woz so yoov gotta be Jacklin Smiff ain it. & ole Blakie can be that uglee ole slag wot no cunt can rimemba & problee no cunt'll rimemba ole Blakie neeva so iss about fuckin ryte ain it mate."
& then I go:/
"Thass reelee funnee Sarge. Thass a grate fuckin joke that is. Yew cawlin us free Charlies bastardin Unkles on acount ov are cawl sine. Thass a fuckin grate wun mate."
& eez lyke well chuffed & eez lyke:/
"O thanx a lot Lockie me ole son."
& I'm lyke:/
"Thass alryte Sarge. O but by the fuckin way tho Sarge."
& eez lyke:/
"Yeah wot Lockie ole son."
& I can tell eez feelin a bit betta now khan I, so I'm lyke:/
"Wot woz there fuckin song enny-way mate."
& eez juss lyke:/
"Wot ?"
& I'm lyke:/
"There fuckin song Sarge. Wot woz there fuckin song mate?"
& eez lyke:/
"Fer fucks sake Lockie, I don't fuckin no yew twot. Woz yew put on this cuntin Erf ter tor-fuckin-ment me or wot. Coz thass wot it fuckin well fills lyke sum-tymes mate. Ow the fuck shood I know wot there fuckin song woz. They problee didden eeven av a soddin song did they mate. It wozzen a fuckin muzickle woz it."
& I'm lyke:/
"Yew fuckin well no wot I mean Sarge. There fuckin feem choon ain it. Evree fuckin tellee program az iss own soddin feem choon don't it. I juss khan fuckin rimemba rit thass awl."
& eez lyke:/

"*Lockie yew take the cuntin biskit yew reelee fuckin well do. Ear we soddin well are, angin up ear wiv no fuckin vizzerbul means a bastardin support, in sum sort a gleamin wyte & shynee spay ship or summink like off Star Trax & ole Blakie's ded & yew wont me ter rimemba the cuntin feem tune off a them ole slagz tellee show. Jeezus fuckin shit wot is rong wiv yew Lockie. Y don't yew juss shut the fuck up fer wunss in yor fuckin life eh.*"

& I'm lyke:/

"*O shit I didden meen nuffink Sarge, I woz juss tryin ter pass the fuckin tyme a day wozzen I. Thass awl mate. Juss avvin a bit ov a chat wozzen we mate.*"

So lyke I say fuck awl appened fer yonks.
& weir startin ter get a bit board ain we.
& as yew myte ov gesst The Sarge ain a grate wun fer chattin.
E don't reelee lyke chattin, fer sum cuntin reezun.
Or praps iss juss that e don't lyke my partickyerla brand a chattin.
Thass problee a bit maw lyke it.
Ware-as me, I fuckin luv it don't I.
Choo-inn the fuckin fat.
But wot wiv The Sarge tellin me ter shut the fuck up if yew rimemba, I dissidid ter keep me cuntin gob shut fer a bit.
So lyke I sed we woz juss dangin there wozzen we.
Wiv no fuckin vizzerbul meenz a support or nuffink.
In this fuckin room lyke off Star Trax, awl gleamin wyte & shynee.
& I fink that if I cood a looked at me soddin wotch it myte ov bin the necks day or summink.
Thass wot it cuntin felt lyke.
It felt lyke weed bin there fer fuckin yonks.
But wot wiv wun fing or anuvver I cooden reelee moov.
Ownlee me nod.
I cood moov me nod but fuck awl else.
So I ad no way a lookin at me wotch.
& no way a no-inn wevva it woz day or nite, coz there wernt no win-ders neeva.
& I ad no way a no-inn ow long weed bin angin there in that fuckin room awl wyte & gleamin lyke a bastardin spay ship or summink.
But then thez this noyz ain there.
& it woz ard to ear it at ferss wozzen it.
It sanded lyke far away insecks on a summaz fuckin day.
& I looks at The Sarge & I'm lyke:/
     "I no yew toll me ter shut the fuck up Sarge but can yew ear that

noyz mate. That lil hummin noyz lyke the buzzin a far away insecks on a summaz day. Can yew ear it mate?"

& eez lyke:/

"Funny yew shood menshun it Lockie ole sun but yeah I woz juss wundrin about that noyz me-self."

& I'm lyke:/

"Wot dew rekun it is then mate. Enny i-dearz Sarge?"

& e juss looks at me as if ter say don't push yore fuckin luck, so I'm lyke:/

"Praps we shood juss wate & see eh Sarge."

& eez lyke:/

"Thass rite Lockie, yore lernin ain chew."

But then e goes:/

"Still iss ryte fuckin puzzlin ain it Lockie."

& I'm lyke:/

"Yore ryte there Sarge. Iss fuckin puzzlin. & I rekun iss gettin louda mate. Duz it sand louda ter yew & awl. Or is it juss me."

& eez lyke:/

"No yore rite, iss definutlee louda than it woz ain it."

& I'm lyke:/

"Iss gettin louda rawl the tyme I fink Sarge. Iss lyke sum cunt is ternin the volume up or summink."

& eez lyke:/

"Thass ixzacklee wot iss lyke. Iss as if sum cunt is ternin the volume up. Iss kwyte annoyin acksherlee ain it Lockie."

& I'm lyke:/

"Yore rite there Sarge. It don't sand lyke the buzzin a far away insecks on summa daze no maw duz it. Sounz maw lyke a dentiss drill or summink don't it."

& eez lyke:/

"Don't evva menshun them cunts ter me again Lockie alryte. I ate them cunts."

& I'm lyke:/

"Wot dentiss Sarge."

& eez lyke:/

"No there fuckin drills yew twot."

& I'm lyke:/

"Alryte Sarge. Iss still gettin louda tho ain it mate."
& it woz acksherlee pretty fuckin loud at that poin I can tell yew.
& it woz to loud ter talk enny maw.
The Sarge tern ter me & opend iz gob but I cooden ear wot e
woz sayinn no maw cood I.
& it woz lyke an eye pitchd buzzin & a squeakin.
& awl the airs on the back a me neck woz standin on end
wozzen they.
& I ad them wyld fuckin goose bumps on me arms.
& it woz so loud that me eye-syte startid ter go a bit fuckin
blurry & awl didden it.
& I looks up at The Sarge don't I.
& I woz rite fuckin shockt at wot I saw I can tell yew.
Fer a start e woz pullin this ryte fuckin odd fayce.
Lyke e woz in pain or summink.
& then e woz creamin lyke.
But I cooden reelee ear im on acount a that eye pitcht buzzin &
skweekin.
But I cood see that e woz creamin at the top ov iz fuckin voyce.
& then a lode ov eeva ordunree blud or 'Real Blood™' woz
cummin owt ov iz noze & owt ov iz eyes & owt ov iz gob & awl.
& it woz awl porin dan iz fayce wern it.
& iz armz & legz ar stickin owt at a funny angle & awl.
& e looks ryte fuckin funnee don't e.
& if I cood bastardin well speak abuv awl a this fuckin rackit I'd
problee say summink lyke:/
    "Ear Sarge yew alryte mate coz yew don't look to well mate."
But e cooden ov erd me enny-way, on acount a that fuckin eye
pitcht buzzin & skweekin so I don't bovva ter say fuck awl.
But e don't look to well thass for shore.
& I aff ter say that I ain to cumftabul me-self, wot wiv awl a
them wyld goose bumps & the airz on the back a me neck &
me blurry eye-syte & evree-fink.
But fer awl a that I ain re-aktin arf as bad as The Sarge.
That pore cunt looks lyke e juss stuck iz dick in the fuckin
mainz don't e.
Lyke eez juss gon & plugged iz-self in or summink.

& I'm tryinn ter run awl a this frew me nod & werk owt y eez
re-aktin so badlee ter the eye-pitcht buzzin & skweekin lyke.
& y e looks lyke eez be-inn torcherd or summink, ware-as I'm
juss uncumftabul.
But iss ard ter fink ain it.
Wiv awl a that bastardin noyz.
& then, arter a bit it cuntin well stops don't it.
That eye pitcht buzzin & skweekin juss stops.
Lyke sum cunt juss flickt a switch & off it went.
& at that verree moment I juss appen ter stil be lookin at The
Sarge don't I.
& I see im juss floppin dan onter the flor.
Lyke sum kynd a puppit woss ad iss strings cut or summink.
E juss flops dan onter the cuntin flor.
& Blakie duz & awl.
So bofe a them pore cunts are juss ly-inn in crumpl deeps on
the flor ain they.
& ole Blakie still looks fuckin ded don't e.
But I no The Sarge ain ded.
Coz eez stil fuckin breevin ain e.
Eez taykin these grate big noyzee breffs & sort a ly-inn there
sobbin ain e.
Ole Blakie on the uvva rand ain do-inn nuffink at awl.
Eez juss ly-inn there stinkin & ded.
In a pool ov iz own ordunree blud.
& me eye-syte is bak ter normal now.
It ain awl blurree no maw.
So I gess ter finkin don't I.
Coz I can ear me-self finkin now khan I eh.
& I gess ter fink-inn about ow cum The Sarge re-aktid so
badlee ter that eye-pitchd buzzin & skweekin noyz.
& I fink I figgerd it owt.
I fink iss gotta be summink ter do wiv the fack that eez a 'Yew-
No-Wot'.
Thass y the eye-pitcht noyz fuckt im up so bad.
That eye-pitcht free-kwensee must a dun summink to iz
werkinz I rekun.

& got em awl vy-braytin owt a sink lyke.

Owt a rivvum or wotteva.

I fink thass wot must ov append.

Thass y e looked as if e woz plugged inter the mains or summink.

Coz iz werkins woz awl vy-braytin owta rivvum & sendin awl the rong kynd a signulz to iz armz & legz & shit.

& thass problee y awl that 'Real Blood™' woz porin owt a vis eyes & noze & gob.

On acount a the vy-brayshunz.

So I got awl a that shit figgerd owt but I dunno y I shood still be angin in the air lyke this.

Wiv no vizzerbul meenz a support, lyke in sum kynd a zero grav ixperimen or summink.

I dunno y I'm still angin ear & them to cunts ain.

But I am.

Them to cunts ar on the fuckin flor & I'm still angin ear wiv no vizzerbul.

But I can still moov me nod so thass summink at lease.

& I'm wisprin lyke:/

    "Sarge… Sarge… Yew or-ite mate… Yew don't look too cleva mate… Sarge… wossup mate eh… Sarge…"

But e don't seem to ov erd me coz eez juss ly-inn there breevin & sobbin lyke I say.

So I figger that I'm problee juss waistin me breff & I shut the fuck up don't I eh.

& iss at that ixzack moment that them bastardin Ayliunz appeerd.
& it woz juss lyke fuckin Star Trax wozzen it eh.
Coz wun a them gleemin wyte & shynee walls juss slid ter wun
syde wiv an issin sand.
Lyke sum kynd a dor.
& a cupl a cuntin Ayliunz juss wunder in.
Cool as fuck.
& they woz juss lyke lil blokes or birds.
I mean they din av no tits or nuffink but awlso they din av no
beerds or nuffink neeva so I cooden reelee tell if they woz
blokes or birds.
But that don't reelee matta I spoze.
Don't matta witch they woz.
They cooda bin blokes or they cooda bin birds.
Don't mayk much fuckin difrenss ter me duz it eh.
But wot I mean tho is that the cunts woz about the saym syze
as yore billow avridge ite Erf blokes & Erf birds.
& they woz yewmanoid & awl.
Thass ter say that the cunts ad eds on top a there fuckin
boddeez & they walked on to legz.
& the bastards ad a fayce didden they.
Bofe ov em.
Wiv eyes & a noze & a gob & shit.
& awl a that shit woz in rufflee the correck playce & awl.
Eyes at the top, & then a noze a sum sort, well to fuckin
nosstrulz enny-way & a gob at the bottum.
But I din see no ears so I don't no ow the bastards ear enny-fink.
& iss kynd a lyke that ole shaggin dog joke ain it.
Yew no.
I toll it ter The Sarge wunce din I.
Coz we woz dryvin aroun daz per & we woz gettin ryte fuckin

board, so I fort that The Sarge myte lyke to ear a ryte good fuckin joke or summink.

So I'm lyke:/

"*I say I say I say Sarge.*"

& e lykz a good joke duz The Sarge so eez smylin & eez lyke:/

"*Wot der yew say Lockie ole sun.*"

& I'm lyke:/

"*My dog ain got no fuckin ears.*"

& eez lyke:/

"*O Lockie thass terrabul mate, & ow duz e ear yew cawlin warkeys & din-dinz if e duzzen av enny ears.*"

& I'm lyke:/

"*Fuck nose mate.*"

& eez lyke:/

"*So that dog a yorz, duz e lissen to enny-fink yew say Lockie ole sun.*"

& I'm lyke:/

"*Ow the fuck shood I no Sarge.*"

& eez lyke:/

"*Well fer ixarmpul, is that dog a yorz o-be-di-en*"

& I'm lyke:/

"*Well cum ter fink ov it no e fuckin ain. In fack eez ryte disso-fuckin-be-di-en acksherlee. Cunt nevva duz enny-fink wot I tell im.*"

& eez lyke:/

"*Well praps e don't meen ter be disso-fuckin-be-di-en Lockie, praps iss juss coz e khan ear yew.*"

& I'm lyke:/

"*Wot maykz yew say that mate.*"

& eez lyke:/

"*Well, on acount a the fack that e ain got enny ears lyke yew juss sed, ole sun.*"

& I'm lyke:/

"*No that ain y the cunt is disso-fuckin-be-di-en*"

& eez lyke:/

"*Well Lockie ole sun duz that dog a yorz av enny eyes then mate.*"

& I'm lyke:/

"*No e ain Sarge. E ain got enny eyes neeva.*"

& The Sarge is lyke:/

"So ow duz that lil furry fucker see yew pickin up iz leed or chuckin stix fer im ter fetch then mate."

& I'm lyke:/

"Fuck nose."

& eez lyke:/

"So maybe thass y the cunt is so disso-fuckin-be-di-en then mate. Maybe e don't doo wot eez toll don acount a the fack that e khan fuckin see yer then."

& I'm lyke:/

"No that ain y the lil cunt is disso-fuckin-be-di-en neeva."

& The Sarge is lyke:/

"Well az that pore lil dog a yorz got a gob then mate."

& I'm lyke:/

"No e ain got a fuckin gob neeva Sarge."

& The Sarge is lyke:/

"O thass terrabul so ow duz that pore lil dog a yorz let yew no wen e needz ter go owt fer a crap or summink."

& I'm lyke:/

"Well as a matta rov fack e don't kermunikate wiv me at awl Sarge. Not eeven to tell me wen e needz ter go owt fer a crap."

& The Sarge is lyke:/

"Av yew evva fort that the reezun this dog a yorz is disso-fuckin-be-di-en myte be coz eez fucked off wiv yew on acount a the fack that e khan kermunikate wiv yew wot wiv not avvin a gob."

& I'm lyke:/

"No e ain disso-fuckin-be-di-en coz eez un-aybul ter kermunikate wiv me on acount a not avvin a gob Sarge."

& The Sarge is lyke:/

"Lissen mate duz that dog a yorz av enny sentss a feelin."

& I'm lyke:/

"Wot dew meen Sarge."

& The Sarge is lyke:/

"Well fer ixarmpul can that dog a yorz fill yew strowkin im or pattin iz lil ed and tiklin im under iz lil chin."

& I'm lyke:/

"No Sarge I don't rekun that the pore fucker can fill me strowkin

im neeva."

& The Sarge is lyke:/

"Well praps thass y eez disso-fuckin-be-di-en chew cunt. Ain sur-py-zin eez disso-fuckin-be-di-en if the pore bastard khan fill yew strowkin im or pattin iz ed or tiklin im under iz lil chin or nuffink."

& I'm lyke:/

"No that ain the reezun y eez disso-fuckin-be-di-en neeva."

& The Sarge goes lyke:/

"Correck me if I'm rong Lockie me ole sun, but I fink I red sum-ware that dogz are most dipendant on there sentss a smel. So I khan alp wundrin, yew no, duz that dog a yorz av a noze mate."

& I'm lyke:/

"No e don't av a noze Sarge."

& The Sarge is lyke:/

"That pore lil fucker. Praps that cunt is disso-fuckin-be-di-en coz e khan ear yew, & e khan see nuffink, & e khan fill yew strowkin im or pattin iz ed or tiklin im under iz lil chin, & e khan kermunikate wiv yew, & on top ov awl that e khan smel neeva on acount ov iz not avvin a noze."

& I'm lyke:/

"No that ain y me dog is so disso-fuckin-be-di-en"

& The Sarge is lyke:/

"Well lissen Lockie ole sun I fuckin well giv up I reelee do. Y is that lil cunt so disso-fuckin-be-di-en then mate."

& I'm lyke:/

"Well Sarge iss lyke this mate. That lil bastard is so disso-fuckin-be-di-en & don't do wot eez toll don acount a the fack that eez bin ded fer about a year mate."

& eez lyke:/

"O fuck I'm sorry to ear that Lockie ole mate."

& I'm lyke:/

"Thass OK Sarge. But by the fuckin way mate, yore acksherlee rong wen yew say that eez un-aybul ter smel on acount ov im not avvin a noze."

& The Sarge is lyke:/

"Wot evva can yew mean Lockie ole sun. Shorelee if eez ded & therefor un-aybul to ear & see & kermunikate & fill yew strowkin im

or pattin iz ed or tiklin im under iz lil chin, then ow duz e smel."
& I'm lyke:/

"Well Sarge e smellz werse than ole Blakie's shit don't e, on acount
a the fack that eez bin ded fer about a year lyke I sed."

& The Sarge ownlee goes & slamz the fuckin brakes on don't e.
So are van juss creams to an alt don't it.
& e looks at me wiv wun a vis looks & I'm lyke:/

"Wossa matta Sarge avven chew evva smelt a ded dog mate."

& eez lyke:/

"Lockie yore a pryze fuckin cunt I swair. Juss get owta the fuckin
van for I fuckin kill yew mate."

& I'm lyke:/

"It woz ownlee a joke Sarge I din mean nuffink mate."

& e goes:/

"Juss get owt ov the cuntin van yew fuckin cunt or I swair."

& the cunt meenz it & awl.
So I'm gettin owt a the van ain I, coz it don't seem lyke I've got
mutch choice duz it eh.
& I'm lyke:/

"Sorry Sarge it woz juss a joke mate. Juss a fuckin joke mate thass
awl. Khan chew tayk a fuckin joke Sarge or summink."

But the cunt's alreddee drivvun off ain it.
& I ad ter walk bak ter the fuckin stayshun didden I.
Took me about free fuckin daze.
But lookin at The Sarge now, ly-inn in a crumpl deep on the
flor a this soddin spay ship awl gleemin wyte & shynee lyke off
Star Trax, I don't fink eed a-pree-she-ate wun a me jokes now.
& I gess ter finkin that praps e ain nevva gunnoo ear wun a me
jokes aggen in iz life.
Coz the way eez juss ly-inn there, breevin them long gahspin
kynd a breffs & sobbin awl a them rackin sobz, The Sarge looks
lyke eez in a ryte bad way duzzen e.
I khan see iz fayce on acount a the fack that eez got iz back ter
me, so I khan see wevva awl a that 'Real Blood™' iz still porin
owt a vis eyz & iz noze & iz gob.
I ixpeck that iss stopt problee, on acount a the fack that the eye-
pitcht buzzin & skweekin noyz az stopt.

& I'm prittee shore that it woz the noyz wot woz maykin iz werkins go awl rong lyke.

But fer fucksake, praps awl a them vy-brayshunz did sum permanent fuckin damidge to iz werkins & awl.

I adden fort a that.

O shit it cooda dun cooden it eh.

I ain no fuckin exbert on the werkins a them cuntin 'Yew-No-Wots' but I do no that it ain juss rustee ole tin canz & string & tellee camras no maw.

There a fuck ov a lot maw complickaytid than that these daze ain they.

They ain juss maid ov pulleez & electrick motaz & fuckin sellertape now a daze mate.

Ain juss a fuckin shop win-der dummy on wheelz no mor is it eh.

These daze iss a bit maw complickaytid ain it.

A fuck ov a lot maw sofisti-fuckin-kaytid now ain it.

So wun a yore top a the fuckin rainj 'Yew-No-Wots' lyke The Sarge, them top a the rainj jobz av awl kynz a shit in em don't they.

They got vat-groan this, & bio-that.

& bio-analog this & orgmentid that & cloaned the uvver.

So fuck nose wot awl a that eye-pitcht vy-brayshun is gonna do ter sum rite sensertiv werkins lyke that.

Problee fuck it up fer good I wooden be surpryzed.

The Sarge is problee gonna need a shit lode a new biss & bobz ain e.

A cumpleet fuckin serviss.

Eel problee need ter get iz-self re-fuckin-programd or summink wun e eh.

& problee re-cunfiggerd & awl.

Coz from the look a vim awl a that cuntin vy-brayshun az ryte fuckt im up ain it.

So I'm finkin pore ole Sarge ain I.

E cood be a rite ole bad-temperd cunt if e wonnid ter be but underneef it awl e woz a grate bloke.

Well acksherlee underneef it awl e woz a top a the fuckin rainj 'Yew-No-Wot' but a grate bloke & awl.

So I'm finkin o fuck I fuckin ope ter fuck that e don't crash.

Coz thass wot a 'Yew-No-Wot' duz sted a dy-inn ain it.

I fuckin well ope that don't appen ter The Sarge.

& wyle I'm runnin awl a that frew me nod them to bastardin Ayliunz ar peerin at im wiv there big blak eyes & maykin these kyne dov clickin & bleepin noyzis lyke a cupl a fuckin doll-fings. Clix & werz & shit.

& I figger thass ow the cunts tork.

& then they walks ova & looks at im & do a bit mor a that clickin & bleepin & awl.

& I ain got a fuckin cloo wot the fuck them cunts myte be tawkin about.

Wot they woz kermunikate-inn ter wun anuvver wiv awl a them bastardin clix & werz woz a fuckin mistree ter me wozzen it eh. No com-fuckin-prenday mate.

But I reckun iss problee ryte fuckin intrestin coz them cunts ain arf go-inn on about summink.

Wot wiv awl a that clickin & awl a them bleeps & werz & shit.

& there shaykin there eds about.

& waivin there arms about & awl.

So I rekun that wot there sayin about ole Blakie & wot there sayin about The Sarge muss be ryte fuckin intrestin.

But I cooden tell yew the ferss fuckin fing about it could I eh. On acount a the fack that it woz lyke wotchin Flippin the Doll-fing wiv-owt fuckin subtiles.

& wiv-owt sum lil blond kid oo cood lissen to awl a them klix & go lyke:/

"Woss that Flippin? Wot chew sayin mate? Them cunts ar trapt ova by the ole reck?"

I tell yew them Ayliun cunts myte juss as well ov bin tawkin a forrun langwidge myten they.

I no sum dozy cunts fink that bleedin Ayliunz ar from the middl a the fuckin Erf or sum-ware.

But I rekun thass crap.

Thass a lode a bollux if yew arsk me mate.

Them cunts av gotta be from owta spayce ain they.

I no I juss sed that there partickler brand a torkin, awl clix & werz & beeps, sandz lyke fuckin doll-fings, but the cunts don't look like doll-fings do they.

Lyke I awlreddee sed, there baysicklee yewmanoid ain they.

& I don't fink them Ayliunz ar ov this Erf.

Thass wot I fink enny-way.

& wunce them cunts ad finisht lookin at poor ole Blakie & The Sarge they fuckin cum ova ran start avvin a shooftie at me don't they.

So I'm lyke rimemburrin me trainin ain I.

Put the cunts at eez ain it.

Don't giv it.

Cum ova awl frenlee lyke ain it.

& if that don't werk then yew can put Plan B into ifekt & no cunt can say yew didden try can they eh.

So I'm lyke:/

> "Oryte mates wossup then. If yew woz wondrin I'm P.C. Lock a the Retropolitan Police Force, but awl a me mates cawl me Lockie. Well them to cunts there cawl me Lockie. & I spoze that given the choyce I prefer Lockie ter P.C. Lock & awl. So I don't myne dif yew wanna cawl me Lockie. Iss up ter yew blokes ain it. If yew ar blokes I meen. Ownlee I khan tell if yor blokes or birds. I meen der yew av blokes & birds on yor planet mate. Maybe yor birds I dunno. But iss up ter yew to ain it. Wot eva yew ar, lyke."

& I figger ter me-self that eeven tho the cunts don't speek Ingerlish amungst there-selvz lyke, iss problee fare ter say that ova the years theyv problee ab-fuckin-ducktid inuff Ingerlish blokes & birds that they myte a pickt up a bit a the fuckin lingo.

But the cunts juss look at me don't they.

Wiv blank faysiz & the air ov compleet incompre-fuckin-henshun.

So I nods me nod at the blokes on the flor & I'm lyke:/

> "We cum in peece mate. We don't meen yew cunts no arm. Frenz ain we. We ain gonna plant nuffink on yew bastards & we ain gonna take yew inter custardy neeva. Coz we cum in peece don't we. Frenz ain it."

But them cunts don't say nuffink do they.

So I'm finkin that anuvver kyne dov aproach myte be in orda.

& I'm lookin at ole Blakie & noddin in iz dy-reck-shun & I'm lyke:/

> "Thass ole Blakie. Don't wurree tho coz I fink e woz awlreddee
> ded wozzen e. Yew cunts didden kill im or nuffink. I ain pisst off
> wiv yew on acount ov ole Blakie so don't get the rong i-dear or
> nuffink. I fink eez ded enny way. Wot dew rekun. E don't look to
> grate duz e the pore bastard. May-be we shood try & get im to a
> dokter or summink. Wot dew rekun."

But them cunts don't say enny-fink do they.

So I'm finkin that anuvver kyne dov aproach myte be in orda.

& I'm lookin at The Sarge & noddin in iz dy-reck-shun &
I'm lyke:/

> "Thass The Sarge ain it. Are su-fuckin-peeria ofissa. Eez an
> awlryte bloke & awl. Wunse yew get ter no the cunt. Eez awlryte.
> Eez a grate bloke ain e. Long as yew don't cross the cunt enny-way.
> E ain the sort ov bloke yewd wonna rav the ump wiv yew is e. If
> yew no wot I meen. Coz e can be a ryte eevul cunt if yew cross im.
> I meen I ain frettenin yew or nuffink, coz we cum in peece don't
> we. Frenlee lyke. But enny-way juss soze yew no, thass The Sarge
> & thass juss the kynd a bloke e is thass awl. But franklee e don't
> look to good duz e. Thass on acount a vim be-inn a 'Yew-No-Wot'.
> & coz a that, coz a vim be-inn a 'Yew-No-Wot' I meen, I fink e
> muss dov reaktid badlee ter that eye-pitcht buzzin & skweekin
> noyz yew cunts woz playin juss a minit ago. I fink that sum kynd
> a vy-brayshun muss dov upset iz maw delicut werkins. But I ain
> sayin iss yore fault. I ain pisst off wiv yew or nuffink. Yew cunts
> wozzen ter no that e woz a fuckin 'Yew-No-Wot' woz yew, wot
> wiv im lookin lyke juss dan ordunree bloke & evree-fink."

But them cunts still don't say enny-fink do they.

So I'm finkin that anuvver kyne dov aproach myte be in orda.

So I re-intra-juice me-self don't I.

& I'm lyke:/

> "& lyke I awlreddee sed my name is Lockie. & I wozzen affecktid
> by that eye-pitcht buzzin & skweekin noyz on acount a the fack
> that I'm juss dan ordunree bloke. Juss yore avridge elfy kynd a
> copper yew myte say. But ello enny-way. & lyke I say, we cum in
> peece mate."

& if I cooda moovd I wood ov put owt me and ter shake them
fuckers by there andz in frenship lyke.

Coz did I awlreddee say that them cunts ad armz & andz & legz, & feet a sum sort & awl.

Juss lyke Erf blokes & Erf birds.

Well almost lyke blokes & birds on Erf ixsep that theez to Ayliun cunts ownlee ad free fingaz on eetch and.

So there ands woz kynd a lyke birds feet in a way wozzen they. There ands woz kynd a lyke a birds clawz.

Yew no birds ov the fevverd kynd not blokes & birds kyne dov birds.

& lyke I say if I cood a moovd I'd a stuck owt me and in frenship lyke.

& shaken bofe a them cunts by the claw.

But I cooden reelee moov cood I so I juss carry don noddin & smylin.

& I'm lyke:/

"*Frenz.*"

& did I say that them cunts woz ware-inn shinee silva kynd a spay–soots.

& that they ad no air wot-so-fuckin-evva.

& I'm still noddin & smylin & I'm lyke:/

"*Peece. We cum in fuckin peece.*"

But them cunts don't say nuffink.

Not eeven nun a there clix & werz.

Then arter about I dunno a few minits or summink a them juss stairin at me in silenss, the cunts juss burss dinter life agenn didden they.

& startid tawkin agenn & shaykin there eds & waivin there arms.

& they juss rush owt a the room don't they.

Back the way they soddin well cum in.

& the dor juss disses shut behind em.

So wunce agenn iss juss me & ole Blakie & The Sarge.

Us free.

Awl alone in the weld.

Or in spay sum–ware.

& as I ang there in the air wiv no vizzerbul meenz a support in that gleemin shynee room like off Star Trax I'm finkin that if The Sarge ad ov bin awayk eed ov bin ryte proud a me fer the way I anduld me-self wiv awl a them bastardin intra-duck-shuns & evree-fink.

I fink I did OK.

Coz thass wot The Sarge yewss ter say sum-tymes.

Eed go lyke:/

> *"Don't fuck evree-fink up this tyme Lockie coz yore an ambassader fer the fuckin force ain chew mate. Alwayz fuckin rimemba that sun. An ambassader fer the force mate. So do me a cuntin fayva fer wunce in yer bastardin life & don't fuck evree-fink up as per."*

& I reckun that wiv awl a them intra-duk-shunz & shit & tryin ter put them to cunts at there eez thass juss wot I fuckin woz. An ambassader fer the fuckin force.

& sum-tymes thass wot be-inn a coppers awl a-fuckin-bout ain it eh.

& I ain shore but I fink I noddid off then.

I fink thass wot muss dov append.

& I spoze iss not sur-fuckin-pryzin is it eh.

I muss dov bin com-fuckin-pleetlee nackerd.

I muss dov bin compleetlee bastardin well shagged owt arter awl that.

Wooden be awl that sur-fuckin-pryzin wood it.

Wot wiv awl a that dryvin fer a start.

& dawl a that appre-fuckin-hendin.

& dawl a that bryte bryte fuckin lyte.

& dawl a that go-inn up & up & up fer wot seemd lyke fuckin yonks & finkin we woz ded.

& dawl a that angin aroun din a gleemin shynee room lyke off Star Trax wiv no vizzerbul meenz a support.

Fer fucksake.

& wot wiv ole Blakie be-inn ded & The Sarge juss ly-inn there breevin & sobbin on the flor & them cuppl a fuckin Ayliunz cummin in as cool as fuck wiv awl a there clix & werz & then fuckin off agenn.

Wot wiv awl a that shit go-inn dan it ain enny fuckin wunda rif a bloke gess a bit nackerd & az a bit ov a soddin kip is it eh.

So I reckun thass wot I dun.

Dunno reelee.

Coz I khan rimemba.

& I don't fink I dreemd nuffink neeva.

Coz normalee ida rimemberd if I'd dremt about summink wooden I.

Coz normalee I rimemba me dreemz dun I.

But if I woz a-fuckin-kip I'm fairlee fuckin shore that I didden av enny dreemz.

& thass a bit maw sur-fuckin-pryzin ain it eh.

Yew da thort that wiv awl a that weerd shit go-inn dan I'd a problee ad sum ryte weerd fuckin dreemz.

But I didden did I.

& thass fuckin weerd in isself ain it eh.

Iss a bit fuckin weerd that wiv awl a that weerd shit go-inn dan I didden av no weerd dreemz or nuffink.

Coz normalee wen blokes & birds av weerd shit go-inn dan in there stupid fuckin lives sum a that weerd shit werks iss way inter there dreemz don't it.

& they get ryte weerd dreemz don't they.

Pore cunts.

I fill sorree for em.

I meen as if it ain bad inuff avvin a lode a weerd shit go-inn dan in yore life wiv-owt sum a that weerd shit werkin iss way inter yore fuckin dreemz & awl.

Pore bastards.

But iss funny ain it.

Iss fuckin funny that nun a this weerd shit woss go-inn dan in me life az werkd iss way inter me fuckin dreemz.

Coz I'm fairlee sertun that I didden dreem about fuck awl.

& thass y I khan say fer sertun wevver I woz a-kip or not.

Ware-as if I'd a dremt about summink & rimemberd it then I'd a bin aybul ter say ter me-self yes Lockie ole sun yew woz a-kip then wozzen chew coz yew dremt about awl a that shit didden chew eh.

But coz I didden dreem about fuck awl I khan say fer sertun wevva I woz a-kip or wevva I wozzen.

But sintss thez a gap ware I don't rimemba fuck awl I rekun that I muss dov bin a-kip.

Mynd yew I don't fink enny cunt cood fuckin blaym me fer be-inn tyred wot wiv awl a that weerd shit wot woz go-inn dan.

& I fink I myte ov figgerd it owt.

Praps I didden dreem about fuck awl on acount a the fack that I ain on the Erf no maw.

Praps iss summink about be-inn on a soddin spay ship or summink.

Praps that eye-pitcht buzzin & skweekin noyz wot gave The

Sarge a tern woz sum kynd a mynd cuntroll divyce wot stops cunts lyke me from avvin dreemz.

Or praps that fuckin mynd cuntroll divyce don't stop yew from avvin dreemz praps the fuckin fing juss stops yew from rimemburrin yore cuntin dreemz.

I dunno maybe thass rong.

Less fayce it I don't fuckin well no wot that fuckin eye-pitcht fuckin buzzin & skweekin noyz woz do I eh.

I'm juss finkin ain I.

Juss runnin sum i-dearz frew me nod.

Tryin ter werk owt y the fuck I woz a-kip but didden dreem about fuck awl givven that yew myte ov ixpecktid me to a vad sum fuckin weerd dreemz wiv awl a this weerd shit go-inn dan. I don't fuckin no.

So lyke I say I muss dov juss dozed off or summink.

Coz awlso the funnee fing woz that in spyte ov evree-fink I woz acksherlee fairlee cumftabul, sur-fuckin-pryzin tho that may be.

Coz wen them Ayliunz fuckt off back ter ware-evva the fuck it woz the cunts ad cum from, they leff me angin there in mid-fuckin-air still didden they, in a manna ter witch I woz be-cummin rapidlee a-fuckin-custumd.

I woz gettin kwyte yewsd ter juss angin there wiv no vizzerbul means a support I can tell yer.

Fer fuck sake it woz a bit lyke wot yew myte imadjin swimmin or summink wood be lyke ownlee problee mutch fuckin eezia, on acount a the fack that I wozzen affin ter kik me soddin legz or do nun a that fuckin doggy-style paddlin.

Well praps it wozzen acksherlee that mutch lyke swimmin.

But wot I meen ter say is that wen yor in sum kyne dov antee-grav divyce it supports yor wait duzzen it.

Coz yor wait is juss the force a gravertee ain it.

I woz gettin ryte fuckin use to it wern I.

& ryte fuckin cumftabul & awl, so iss ardlee sur-fuckin-pryzin if I fell a-kip is it eh.

Tho I aff ter say that I ad the feelin, sum-ware in the bak a me mynd, that it woz ownlee a matta rov tyme bifor them cunts switcht off the antee-grav divyce or wot-evva the fuck it woz that woz keepin me serspendid in mid-fuckin-air wiv no vizzerbul means a support in this room awl gleamin wyte & shynee lyke off Star Trax.

But lyke I say I woz gettin ryte fuckin cumftabul, juss dangin aroun din there.

& wunse them Ayliunz ad gone I startid avvin a good look aroun didden I.

I fort that I shood juss av a good look at evree-fink & see if I cooden see ow evree-fink woz werkin.

But I cooden see fuck awl cood I.

Juss them gleemin wyte walls lyke I awlreddee sed.

& try as I myte I juss cooden focus me eyes on them fuckers.

Coz it seemd lyke the arder I staird at them bastardin walls the less I cood fuckin well see em.

I cooden eeven see the fuckin dor witch them big-eyed cunts ad cum in & dowt ov juss a momen or to bifor.

I cooden see that fuckin dor no matta ow mutch I cuntin well tryde.

So eeven if I cood ov moovd there wooden ov bin enny way that I cood ov eeven fort about ixscapin & gettin the fuck owt ov there.

Coz I cooden ov eeven foun the cuntin dor most problee.

& thass wiv-owt the smawl matta rov us be-inn sum-ware in fuckin spay sore ware-evva the fuck id is that we fuckin well are.

So wot I'm tryna say is that wot wiv awl a them uvver reezuns fer feelin com-fuckin-pleetlee nackerd, plus the fack that I woz gettin cumftabul, plus the fack that I woz wait-liss, plus the fack that there woz no fuckin meenz ov ixscape, plus the fack that I cooden eeven focus me cuntin eyes on them gleamin wyte & shynee walls.

Well it ain sur-fuckin-prizin that I fell a-fuckin-kip.

Snow fuckin wunda rizit.

Coz I tell yew wot, it wood ov taken summink bluddee speshul ter keep me a-fuckin-wake I can tell yer.

I fink the ownlee fing that cood a stopt me fawlin a-fuckin-kip at that momen in tyme wood ov bin sum grade fuckin A farmer-fuckin-suitickles.

Thass the ownlee fing wot cood a stoppt me from fawlin inter the land a fuckin nod.

& grade A drugz wozzen summink that I cood envizidge layin me fy-fingerd ands on at that point in tyme.

There be-inn a definut shortidge a famillia deelers or crimz or crusteez & wot av yew that I cood a ternd ova & nickt stuff off ov.

I wozzen ixzacklee in a perzishun ter scor woz I eh.

Wen yore stuck on a fuckin spay ship & wun a yore mates is problee ded & the uvver wun is juss ly-inn there sobbin on the flor there ain mutch yew can do in the way a scorin is there.

Normul fuckin channels don't apply do they.

Yew cooden reelee go frew them normul channels eeven if yew new ware they woz cood yew eh.

Cum ter fink ov it tho I wooden be sur-fuckin-pryzed if them free-fingerd cunts ad sum kynd a med-sin chess tukt away sumware on this fuckin spay ship.

Coz if them cunts ar travlin awl ova the soddin sola sistern & if there baysicklee yore bio-fuckin-lodgickle be-innz then iss fairlee fuckin lyklee that from tyme ter tyme wun a the cunts is gonna get an ed-ayk or summink ain it eh.

Or werse.

Them cunts cood av enny kynd a dizeez cooden they.

I dunno wot kynd a dizeeziz them bastards ar lyklee ter cum dan wiv, but unless there so fuckin advarnst that they no longa suffa from dizeeziz yewd fink that from tyme ter tyme wun a the cunts woz lyklee ter be sik wooden chew eh.

& wen that appens iss fuckin lodgickle that the cunts wood aff ter pay a fuckin vizit ter the sik-bay or wot-evva iss cawld in there fuckin langwidge.

& there'll be sum kynd a dokter there.

& the dokter'll be lyke:/

　　"O ello mate wot seemz ter be the fuckin trubble then eh."

& that pore sik Ayliun'll be lyke:/

　　"Well iss lyke this dok I got this mad fuckin gut rot ain I."

I mean I dunno wevva them cunts eeven av guts do I.

I woz juss gessin.

But praps if them big-eyed bastards don't av guts they'll be lyke:/

> *"Oy dok lissen mate I've got this crashin fuckin ed ayk, av yew got enny-fink yew can giv me ter make the cunt go away mate."*

Or I mean I dunno if them bastards ar blokes or birds lyke I say. I don't eeven no if them Ayliunz ar divydid inter blokes & birds lyke we ar on Erf.

I dunno.

But lissen, wevva they ar divydid inter blokes & birds or if they ain, if the cunts ar awl coopt up tergevva on sum kynd a spay ship fer fuckin yonks at a tyme then iss fairlee fuckin lyklee that thez gonna be sum shaggin go-inn on ain it.

I dunno, maybe there so fuckin advarnst that they don't acksherlee aff ter shag ter reepra-fuckin-juice.

Maybe thass awl dun orta-fuckin-matickly.

But if yer awl coopt up on a fuckin spay ship fer yonks at a tyme yore gonna get a bit board evree now & then ain chew eh.

& eeven if yew don't aff ter shag ter reepra-fuckin-juice then iss gonna be a good way ter parse the fuckin tyme ain it.

I bet there jumpin on eech uvverz bones awl the fuckin tyme.

& cling-inn tergevva in the nyte, juss lyke blokes & birds on Erf. So iss problee a bit lyke that ain it.

Yew no juss lyke wen yewv got a lode a blokes & birds on Erf. & if there awlwayz tergevva, lyke if they werk tergevva or liv tergevva or juss kyne dov ang aroun tergevva, then iss ownlee a matta rov tyme bifor they start shaggin ain it.

Iss ownlee a matta rov tyme bifor wun a them blokes or birds wonss ter shag wun a them uvver blokes or birds.

& them to'll start ang-inn about tergevva won't they.

& bitch about the uvver cunts wot they werk wiv or liv wiv or wot-eva.

& then iss ownlee a matta rov tyme bifor there gonna wonna jump on eech uvver's bones ain it.

Iss juss a matta rov tyme bifor there gonna be cling-inn tergevva in there bedz wenneva the fuck they can.

& thass anuvver way ow blokes & birds on Erf can keep the dark dark nyte at bay ain it.

Blokes & birds on Erf ten ter wonna keep the dark dark nyte at bay by jumpin on eech uvvers bones & cling-inn tergevva in there beds at nyte & by shaggin wun anuvver.

But then wot appenz.

Iss ownlee a matta rov tyme bifor wun a them blokes or birds'll disside that they fantsee wun a the uvver blokes or birds wot they werk wiv or liv wiv maw than the wun that there shaggin.

So they'll be lyke:/

> *"Lissen mate I don't fantsee yew no mor, I've bin shaggin sum-wun else ain I."*

& that pore bastard'll be ryte pisst off & go lyke:/

> *"O no don't leev me pleez don't leev me coz I need yew ain it. I need yew ter cling to in the dark dark nyte."*

But the uvver wun'll be lyke:/

> *"Piss off I ate chew & I nevva wanna jump on yor bones again unless I'm reelee desprut or summink."*

& then that bloke or bird wot got dumpt'll be ryte pisst off & cryin & shit.

But iss ownlee a matta rov tyme bifor they fyne sum uvver bastard wot they fantsee & awl.

& so bifor long bofe a them bastards will av new blokes or birds ter cling to in the dark dark nyte & diffrent bones ter jump on won't they.

& iss lyke muzickle fuckin chairz ain it.

Coz bifor long problee theyv awl shagged wun anuvver ain they. For to long theyv problee awl dun the rounds ain they.

& I meen I dunno but I wooden be sur-fuckin-pryzed if iss a bit lyke that on a spay ship & awl.

Wunce them cunts av bin flyin aroun the sola sistern fer fuck noze ow long wiv juss the same bunch ov uvver Ayliunz ter keep em cumpanee, iss ownlee gonna be a matta rov tyme bifor wun a them bastards starts ter fantsee wun a the uvver wunz ain it.

& simmalerlee iss ownlee gonna be a matta rov tyme bifor them to ar gonna wonna rang aroun tergevva & bitch about awl the rest a the cru ain it.

& that'll giv awl a the uvver cunts summink ter tawk about & awl won't it.

That'll be gossip-fodda fer awl a the rest a the cru won't it.

& iss ownlee gonna be a matta rov tyme bifor them to ar gonna wonna jump on eech uvverz bones & cling tergevva in there bedz & keep the dark dark nyte at bay.

& there problee gonna wonna spenn dawl a there tyme shaggin sted a flyin that fuckin spay ship ain they.

& wot if wun a them Ayliunz'd ad a kwik shag on sum uvver planit bifor cummin on board the spay ship.

Or wot if wun a them Ayliunz ad juss jumpt on sum uvver cunts bones wyle they woz at the fuckin spay stay-shun or sum-ware.

& wot if that uvver cunt append ter be a ryte ole slag or summink.

That bastard myte ov bin shaggin there way aroun the fuckin sola sistern fer fuckin yonks myten they eh.

& maybe if thass the kynd a fing that goes on iss fairlee lyklee that wun a them Ayliunz is gonna pik up sum kynd a seksherlee trans-fuckin-mittid dizeez or uvver ain it eh.

& if thez a fuckin lode a shaggin go-inn on aboard that fuckin spay ship & there awl jumpin on eech uvvers bones the ole tyme & cling-inn tergevva in the dark dark nyte & do-inn the rounds lyke I say, then iss fairlee lyklee that this seksherlee trans-fuckin-mittid dizeez is gonna do the rounds & awl ain it.

& if thass the case awl a them cuntin Ayliunz'll be nockin on the dore a the fuckin sik-bay wiv sore dix or cunts or wot-evva the fuck them bastards av sted a dix & cunts.

A corss thez nuffink ter say they aff to av dix & cunts is there. But wov-evva the fuck it is that they av instead'll problee be ryte fuckin sore on acount ov avvin sum kynd a seksherlee trans-fuckin-mittid dizeez won't it.

Praps they got sum kynd a tendril thass awl coild up in the middle a there chess dor summink & wen to a them cunts ar jumpin on eech uvvers bones them fuckin tendrils'll waiv aroun din the air or summink & awl goo'll cum owt ov em or summink.

I dunno.

I khan imadjin wot the fuck them Ayliunz wood av sted a dix & cunts.

Maybe they don't av nuffink.

Maybe they don't av no sea-crit playsiz at awl.

Maybe there so fuckin advarnst that iss awl dun in there fuckin myndz or summink.

Lyke they juss jump on eech uvvers bones by yewzin terleppafee or summink.

& if thass the case then there ain gonna be no seksherlee transfuckin-mittid dizeeziz ar there eh.

Thass gonna be lyke sum kynd a safe secks ain it.

If them bastards don't av no sea-crit play-siz at awl & they don't eeven aff ter tutch eech uvver & they can juss cling tergevva in there myndz by yewzin terleppafee or summink.

So if thass the case they ain gonna be nockin on the dore a the sik-bay wen there sea-crit play-siz are awl sore & painful ar they.

Not if they don't av no sea-crit play-siz ter begin wiv.

I dunno.

But still, wiv awl them fuckin ed-ayks & gut rots & uvver dizeeziz that yew & I khan eeven imadjin, iss fairlee lyklee that thez gonna be sum kynd a sik-bay on this fuckin spay ship ain it.

& iss fairlee fuckin lyklee that thez gonna be sum kynd a med-sin chess in that fuckin sik-bay & awl ain it.

So acksherlee thez problee lodes a drugz on board this fuckin spay ship.

& if yew new ware ter look yew cood problee lay yore andz on sum grade fuckin A stuff cooden chew eh.

Mine dew, yew wooden av a fuckin cloo wot chew woz taykin wood yew eh.

Problee kill yew wooden it.

But aksherly, cum ter fink about it, praps they awlso av med-sin fer Erf blokes & birds & awl.

Y not eh.

If they bin abducktin Erf blokes & birds fer yonks & they dun awl kynz ov ixperimenss on the pore fuckers they myte ov dizynd sum new med-sin that wood werk on Erf blokes & birds sted a there-selvz myten they.

Acksherlee the mor I fink about that the maw fuckin lyklee it seemz.

There boun to a dun ain they eh.

Y else wood they ov bin abducktin Erf blokes & birds fer so

menny yonks if they wozzen gonna do ixperimenss on the fuckers.

& if they dun ixperimenss on them pore Erf blokes & birds wot theyv abducktid, that problee involvz openin up the pore fuckers & stuffin em full ov awl kynz a kemickles & shit juss fer the fuckin sake ov it.

Juss ter see wot kyne dov iffeck them kemickles wood av on an Erf bloke or an Erf bird.

Thass the naycha ov rissertch ain it.

Tryle & erra.

Playin aroun wiv stuff juss ter see wot kyne dov iffeck that stuff az on wot-evva yore ixperimentin on.

Jeezuz fuck.

Iss juss crosst me mynd that them fuckin Ayliunz myte av sum planz fer us free.

They myte ov got sum plans that involv do-inn ixperimenss on me & ole Blakie & The Sarge.

I mean I dunno.

Praps they av or praps they ain.

But sintss them big-eyed bastards av gon to awl a this trubble ter bring us onter there fuckin spay ship yewd fink that there myte be sum reezun fer that wooden chew eh.

& thass wen I bigin ter get fuckin wurreed about wot there in-fuckin-tenshunz myte be.

& wundrin wot kyne dov ixperimenss they myte av in stor fer us free.

& cum ter fink about it praps they awlreddee bigan there ixperimenss.

Praps that woz y they ternd on that eye-pitcht buzzin & skweekin noyz.

Juss ter see wot kyne dov iffeck tit wood av on the free ov us.

Coz that eye-pitcht buzzin & skweekin noyz sertunlee ad sum kyne dov iffeck ton The Sarge didden it.

On acount a the fack that eez acksherlee a 'Yew-No-Wot' & them vy-brayshunz fuckt up awl ov iz delicut werkins & shit.

So acksherlee the maw that I fink about it the maw fuckin lyklee it seemz that theyv bigan there ixperimenss awl-reddee duzzen it eh.

& wyle I'm runnin awl this frew me nod it awlso akurz ter me that praps thass y I ad that lil kip juss then.

Praps that woz an ixperimen & awl.

Or praps wen them to Ayliunz fuckt off agenn they myte ov put sum kynd a drugz inter this room.

I didden fill nuffink & I didden see nuffink neeva but that don't meen they didden do it duz it eh.

They cood ov stufft a lode ov sleepin gas inter the room cooden they.

Praps iss sum kyne dov oder-liss & trayce-liss sleepin gas that made me fall a-kip but sum ow stopt me dreemin.

So them cunts myte ov dun to ixperimenss awlreddy cum ter fink about it.

& I dunno wot the fuck the cunts woz do-inn wyle I woz a-kip.

Them free-fingerd fuckers cooda cum bak in cooden they.

They cood ov cum bak in & dun juss about enny-fuckin-fing they wonnid to cooden they eh.

& thass wen I start ter fill reelee wurreed don't I.

& juss wen I'm feelin reelee wurreed thass wen I ear that dore issin & slydin open a-genn.

& I fink ter me-self lyke:/

    "O shit."

So lyke I woz sayin that fuckin dor juss bigan to iss wunce a–genn. & then the bastardin fing juss slid open lyke bifor & them to Ayliunz cum back inter the room didden they.

Well I fink they woz the same to cunts wot woz in ear bifor but franklee I ain got a fuckin cloo av I eh.

Coz there ain no way a fuckin no–inn is there.

Coz them big–eyed bastardin free–fingerd fuckers awl look the cuntin saym ter me.

Less put it this way, them to fuckers wot woz in ear bifor & these to fuckers wot av juss cum in bofe look ixzacklee the fuckin saym.

So iss fairlee lyklee that they ar the saym bastards as bifor.

But lyke I say I don't no fer shore.

Coz less fayce it if ownlee wun a them to cunts cum inter the room & then wen owt a–genn & then the uvver wun a them to cunts cum inter the room there'd be no way a no–inn if e or she woz the same cunt as bifor or not.

Coz eeven these cunts wot av juss cum in now bofe look ixzacklee the fuckin saym.

Ain no way a tellin these bastards apart as far as I can see.

There as mutch a–fuckin–lyke as drops a piss in a fuckin puddle.

So lyke–wyze these to cunts wot av juss cum in may or may not be the same to cunts wot I awlreddee saw.

I dunno.

Maybe wunce yew get ter no the bastards there com–fuckin–pleetlee yewneek.

Maybe wunce yew gess ter no the cunts yew gradjerlee figger owt awl kynz a my–newt & suttal difrensiz between the bastards, & wunce yew dun that then yewd cum ter reckernyze each wun a them cunts as yewneek in there own ryte wooden chew eh.

So if thass the case then praps iss lyke them blokes & birds on Erf wot ar cawld bird spottaz.

Yew no them kynd a cunts wot tramp aroun din the cuntreesyde & ide there-selvz in the bushiz & use awl kynz a binocklerz & shit ter spy on awl a them bastardin birds.

Birds ov the fevverd kynd.

Well iss a lil con-few-zin ain it, coz thez awl-so them uvver cunts wot lyke ter spy on yore akshul blokes & birds.

Ov the Yewman kynd.

Ownlee them cunts ain cawld bird spottaz, them cunts ar cawld Bleepin Tomz on acount a the fack that there speshul nyte-syte divysiz ar awl-ways runnin owt a battreez frew ova-fuckinyewse ain they.

& sum a them cunts ar cawld Cheepin Tomz on acount ov awl a them bird impreshunz wot they do ter kid uvver blokes & birds inter finkin that there juss bird spottaz.

& sum-tymes them cunts ar cawld Creepin Tomz coz a the fack that there awl-ways av-inn ter creep about in blokes & birds gardinz at nigh ter get a good ole shooftie inter blokes & birds bedroomz ter see them pore bastards sea-crit playsiz or ter wotch em undressin or wankin or juss ter see em cling-inn tergevva in the dark dark nyte.

& sum-tymes them cunts ar cawld Jeepin Tomz on acount a the for-will dryve veer-culz that they yewz ter mayk there fuckin getta-waze in.

& sum-tymes there cawld Leepin Tomz on acount a the fack that there awl-ways leepin ova fensiz & shit ter get away from blokes & birds wot appern ter catch em.

& sum-tymes there cawld Peepin Tomz on acount a the fack that there awl-wayz peepin & peerin frew win-ders & inter blokes & birds owziz & flass & shit.

& sum-tymes there cawld Reepin Tomz on acount a the fack that there problee gonna reep awl a them wyle doats wot there sowin round sum blokes or birds gardin.

& sum-tymes there cawld Seepin Tomz on acount a the fack that they got awl cum dribblin dan there legz wyle there runnin back ter there fuckin jeeps.

& sum-tymes there cawld Sleepin Tomz on acount a the fack
that if wun a themz yore mate & yew go roun diz owse ter see
im in the day-tyme iss fairlee lyklee that the cunts gonna be a-
fuckin-kip frew stay-inn up awl fuckin nyte & spyin on sum
pore unser-fuckin-specktin blokes & birds.

& sum-tymes there cawled Weepin Tomz on acount a the fack that
there awl-ways cryin & full a rimmorse fer be-inn sutch bastards.

But lissen I ain tawkin about them cunts am I.

I'm tawkin about chore aksherl bird spottaz.

Coz wun fing about bird spottaz is that them cunts ar reelee
fuckin good at recker-nyzin awl a them difrent sparraz & shit.

& ter yore ordunree bloke or yore ordunree bird awl a them lil
bran fevvaree fuckers ar gonna look the fuckin same ain they.

Coz there ain no way that ordunree blokes & ordunree birds
cood tell them lil bran bastards apart is there eh.

Coz wun a them lil sparraz is gonna look mutch lyke anuvver
wun ain it.

But not ter yore averidge bird spottaz they don't.

O no.

Coz them cunts ar fuckin good at pickin up on awl a them
my-newt & suttal difrensiz in the a-fuckin-peerenss a them lil
bran sparraz.

Lyke wun a them lil fuckers myte av a speshul markin on iz or
er beek.

& anuvver wun myte av a speshul markin on iz or er wing or
ed or summink.

Wot-evva.

& arter about a week or so ov i-dinn in awl a them bushiz them
bird spottaz gess ter no eetch & evree wun a them lil sparraz off
by fuckin art don't they.

& they giv em naymz & shit.

& they'll be lyke:/

   "O thez lil Sidney wiv iz lil beek thass a bit wonkee ain e sweet eh."

Or there'll be lyke:/

   *"O look at lil Sally wiv them funnee lil fevvaz wot look lyke i-
   browze, they make er look ryte fuckin cheekee don't they eh."*

& thass ow awl a them bird spottaz gess ter no the difrenss

between awl a them lil bran sparraz.

& if yore follo-inn me driff then yew problee figgerd owt awlreddee that iss go-inn frew me nod that praps iss the same kynd a fing wiv them cuntin Ayliunz & awl.

Yew no, juss lyke them bird spottaz gettin ter no awl a the my-newt & suttal difrensiz between lil bran sparraz that ordunree blokes & ordunree birds cooden tell apart.

So praps wunce yew gess ter no them bastardin Ayliunz yew can start ter pick up on awl a them my-newt & suttal difrensiz between them fuckers & awl.

I wooden be sur-fuckin-pryzed if that woz the way wiv theez cunts & awl.

But if thass the cayse I problee juss avven bin ear long inuff ter pick up on awl a them my-newt & dor suttal difrensiz av I eh.

So lyke I say I dunno if them to bastardin Ayliunz wot av juss cum in ar the wunz wot woz in ear bifor or wevva they ain.

& ryte now I don't spoze it maykes no fuckin difrenss.

Coz them to Ayliunz wot av juss cum in don't look as if they wonna juss chat or summink.

Them cunts avven juss cum ear ter parse the tyme a fuckin day av they.

They problee got sum uvver ixperimenss in myne davven they.

& from the look a them biss ov ekwipmen that the cunts ar pointin in ar de-reck-shun there juss about ter begin there investi-fuckin-gayshunz.

10

Wun a the cunts is oldin summink that looks lyke sum kynd a shynee big bawl a lyte.

& iss kwyte big ain it.

So eez avvin to old it wiv bofe clawz ain e.

Or she.

& coz iss so shynee & bryte iss ard ter see wot kynd a shayp it is undaneef.

Iss juss lyke sum kynd a bryte bryte fuckin lyte.

Kynd a lyke the lyte that we woz surrandid by & witch woz pullin us up & up & up & I woz finkin that praps we woz ded & on are way to evvan.

Dew rimemba.

Anyway thass wot this lyte is lyke ain it.

The ball a lyte that wun a them Ayliunz is carryin seemz ter be made owt a the same stuff as that big bryte lyte wot brort us ear onter this fuckin spay ship.

Ownlee iss a lot smawla & kynd a self-cuntaind.

But iss the same kynd a dazzlin wyte lyte.

Fuck nose wot that cunt is plannin ter do wiv a lil bawl a that lyte tho.

I spoze wheel fyne dowt soon inuff but iss ard to imadjin.

I meen iss gonna be fairlee fuckin powaful shit that lyte ain it eh.

If iss powaful inuff ter pull us free & up & up & up inter fuckin spay sore ware-evva the fuck we ar.

So prizyewma-fuckin-blee this bawl a lyte that wun a the bastards is carryin is kynd a droarin on that saym powa.

Well maybe it ain I don't fuckin no.

But sintss it looks simmerla rit myte be maid a the saym kynd a shit myten it eh.

So I wooden wonna be on the fuckin riseevin end a that cunt wood I eh.

But sintss the cunts ar standin in the dor-way juss lookin ryte at me iss fairlee lyklee that I am.

Iss fairlee lyklee that I am gonna wyne dup on the riseevin en dov it.

O fuckin ell.

I don't lyke the i-dear a that wun lil bit.

The uvver wun is oldin sum big fuckin fing that looks a bit lyke an old oova roar summink.

But iss made a sum kynd a glahss I rekun.

Summink tranz-fuckin-parren.

& iss a bit lyke a fuckin sillindrickle sort a fish tank or summink.

Wiv a flexabul pype cummin owt a wun en dov it & awl.

Thass y I sed iss a bit lyke an oova.

& that flexabul pype is kynd a narro ain it.

& it enz up in a fuckin sharp pointee bit.

& I'm affin ter skwint me eyes on acount a the bryte bawl a lyte that the uvver cunt is carry-inn & iss at that point that I reelyze that if I kynd a skwint me fuckin eyes up a bit it looks lyke that sillindrickle oova fing is fulla vawl kynz a lil moovin fings.

Lyke a lode a beez or summink.

& them lil cunts ar awl moovin aroun din there ain they.

Lyke a lode a fuckin insecks or summink.

But they ain maykin enny kynd a buzzin sand lyke yewd ixspeck if they woz beez or insecks.

Theez lil fuckers ar com-fuckin-pleetlee sy-lent ain they.

Them lil fuckers ain maykin no fuckin noyz at awl ar they eh.

Praps thass on acount a the glahss, or wot-evva that sillindrickle fing is maid ov.

Praps that glahss is sand proof or summink.

I wooden be sur-fuckin-pryzed if it woz.

& lyke I juss sed about the big bryte bawl a lyte wot that uvver cuntin Ayliun is carryin, I wooden fantsee be-inn on the riseevin end a this bastard neeva.

& franklee I'd ate ter fink wot them cunts wonna do wiv them to biss a leefal lookin ekwipmen.

So I'm lyke:/

"Awlryte mate woss that stuff for then eh."

But them big-eyed free-fingerd cunts don't say nuffink.

So I'm lyke:/

> "Iss me Lockie I juss intra-fuckin-juiced me-self don't chew cunts rimemba. Woss awl that shit for then. Ar yew cunts gonna do sum mor a yore ixperimenss on us free then."

Then I look at ole Blakie & The Sarge don't I.

& I'm like:/

> "I dunno wot chew fink but I fink praps yew shood get ole Blakie & The Sarge ter the sik-bay or summink, coz they need sum medickle a-fuckin-tenshun don't they. Well thass wot, yew no, thass wot I fink enny-way. Wot der yew cunts fink eh. Av yew got a fuckin sik-bay or summink."

But them cunts don't say nuffink do they.

So I'm lyke:/

> "O sorry ladz well I say ladz but I dunno if yore blokes or birds do I, or yew cood be bofe cooden chew. Yew cood be blokes & birds awl mixt up lyke. Or yew cood be neeva. Neeva bloke nor bird. But nevva mynd…"

& there still juss gawpin at me ain they.

So I'm lyke:/

> "Woss up then. Don't yew cunts rekanyze me or summink."

& then I fink well maybe they ain the saym pair a cunts wot woz in ear bifor.

So I'm lyke:/

> "Ang on. Lissen. Praps yew to ain the saym to wot woz in ear juss a minit or to ago. Iss ard fer me ter tell ain it. On acount a the fack that I ain sin inuff a yew ter lern ter rekanize awl a them suttal & my-newt difrensiz in yore a-fuckin-peerensiz, av I eh. So praps I ain intra-fuckin-juiced me-self ter yew to yet. Praps thass it eh. Praps them to wot woz in ear juss a minit ago woz sum uvver cunts & I intra-fuckin-juiced me-self ter them & now yew to av cum in I prizyewmd that yew woz the saym to wot I've awlreddee intra-juiced me-self to & thass y I arsed yew y yew didn't rekanyze me. Sorry about that, but enny-way lyke I say I'm Lockie & thass ole Blakie & eez ded, well I'm fairlee shore e is enny-way. I fink eez ded. O yeah & thass The Sarge there & eez juss bin lyke that evva sintss yew to or them uvver to or sum uvver cunt ternd on that eye-

pitcht buzzin & skweekin noyz a lil wyle ago. Coz I fink that on acount ov im be-inn a 'Yew-No-Wot' the noyz & the rezultin vy-brayshunz muss dov upset iz delicut werkins. But them fings yew got in yore clawz. Wot ar they for if yew don't mynd me arskin."
So I'm ryte perlyte ter the cunts ain it.
A reel am-fuckin-bassada fer the fuckin force.
But they don't say nuffink do they.
They juss keep there fuckin lil gobs shut don't they.
& juss stan there stairin at me wiv them big blak eyes they got.
& so I fink iss problee juss bess if I keep me gob shut fer a bit a-genn.
& I rimemba the lahss fing that The Sarge sed ter me.
E sed summink lyke:/
"Y don't chew juss shut the fuck up eh."
Well acksherlee iz lahss werdz woz:/
"No there fuckin drills yew twot."
On acount a the fack that I'd sed the eye-pitcht buzzin soun woz lyke wun a them dentiss drills & e sed not to evva menshun them cunts to im a-genn on acount a the fack that e ates em.
& I sed wot chew meen dentiss Sarge & e sed no there fuckin drills yew twot.
& that woz the verree lahss fing e sed ter me bifor e wen awl funnee on acount a the noyz.
But juss bifor that e toll me ter shut the fuck up & I figger that at this poin in tyme iss problee not a bad i-dear.
So I juss shut up don't I.
& them to Ayliunz wiv there eevul lookin biss ov ekwipmen turn & look at eetch uvver don't they.
& then they make sum a there clikin noyziz witch I spoze is there way a tawkin lyke I sed awlreddee.
So there stann-din there do-inn awl them clix & werz & look-inn at me evree now & a-genn.
Then the cunts juss war kova cool as fuck & there stann-din juss in frunt a me peerin at me fayce & iss fuckin funnee coz thass wen I smelz the bastards ain it.
& iss a ryte funnee smel ain it.
Kynd a lyke petrol & sweets & mettle or summink.

Lyke a mixcher ov them free fings.

A bit a petrol, a bit a sweets & sum sort a bernin mettle or uvver.

& I say thass funny coz up til that momen id nevva akurd ter me that Ayliunz wood av enny kynd a smel.

& I spoze thass coz awl the Ayliunz I evva sin in me life av bin in fuckin filmz.

Funnee ain it eh.

Coz awl a them Ayliunz wot I've sin & wot evree uvver cunt az sin in awl a them sy-fy filmz don't smel on acount a the fack that they wozzen fuckin scratch & sniff filmz woz they.

Lyke them Ayliunz in Clozin Countaz a the Furred Kynd don't av no smel do they.

& thass coz it wozzen a scratch & sniff film woz it.

So yew cood see the bastards & ear them but chew cooden smel the fuckers.

But now I got a cuppl a the cunts standin ryte in fuckin frunt a me I can av a good ole sniff khan I.

& I tell yew wot iss a funnee ole smel ain it eh.

& iss a bit lyke dog shit too ain it.

Yeah thass it.

They smel a petrol, sweets, bernin mettle & dog shit.

Yew don't fink a that wen yore wotchin Star Trax do yew eh.

But I tell yew wot, if these cunts ar enny-fink ter go by I rekun that the ole Starship fuckin Entapryze Cultcha muss dov fuckin stank mussen it.

Wot wiv awl a them Ayliunz runnin aroun don the bridge & evree-fink.

So fer awl a them gleamin shynee wallz & stuff them spay ships muss dawl fuckin stink mussen they.

So wyle I'm runnin that frew me nod they juss look at eech uvver wun maw tyme & then wun a them cunts makes a kynd a bleepin noyz & they juss fuck off.

Lyke they ain intrestid in me no maw.

& part a me is finkin well fank fuck fer that Lockie ole sun.

But an-uvver part a me is wotchin them war-kin ova ter ware ole Blakie's lay-inn ded on the flor in that pool ov iz own blud.

& that uvver part ov me is finkin, o dear Blakie me ole mate, o dear o dear, wevva yore ded or not it looks lyke iss yore tern my sun.

So bofe a them cunts go ova ter ware ole Blakie is layin.

& they juss fuckin stan there fer a minit or to don't they.

& then they av a lil chat to eetch uvver don't they.

Awl clix & werz as per.

& wun a them cunts, the bastard woss oldin the oova type fing wiv awl them swar-min inseck-lyke bastards in it, is lyke:/
"CLIK clik clik-clik beep CLIK clik BEEP CLick brrrrrrrrrrrrrrrrr."

& the uvver cunt, the wun woss oldin that big bawl a bryte bryte lyte goes lyke:/
"BEEP-rrrrrr clik clik CLICK brrr-BEEP clik-clik."

& then the ferss wun loox dan at ole Blakie & eez lyke:/
"CLIK clik BRRRRR-beep clik CLIK-clik BEEp-BAp-Brrrr."

& the uvver wun loox dan at im & awl & then eez lyke:/
"BEEP-rrrrrr clik-clak BEEp-BAp-Brrr CLIK-clik BEEP clik-clik-clik-clik-clik-clik-CLAK bRRRR-BRRAP."

& I don't say nuffink do I.

On acount a the fack that I avven got a fuckin cloo wot them Ayliunz ar bastardin well tawkin about, plus the fack that I'd dissidid ter keep schtum.

So I juss lissen don't I.

& fer awl I no them cunts cood be go-inn lyke:/
"Less do im kwik & then piss off dan the booza."

Juss lyke Erf blokes & birds do.

Erf blokes & birds juss go dan the booza ter keep the dark dark nyte at bay by gettin pist wiv there mates ain it.

They cood be sayin that cooden they.

Thez problee not a booza raz sutch on a fuckin spay ship but thez problee sum kynd a bar a sum sort.

Lyke the lil soh-shul club we yewst to av dan the stayshun bifor they clozed the fucker dan ter stop copperz gettin in there panda carz wen they woz pist owt a there fuckin edz.

So maybe them to big-eyed, free-fingad Ayliun bastards wonna get dan the soh-shul.

Coz problee drinks ar cheepa dan the soh-shul ain they.

So thass wot they cood be sayin.

But I juss ang there in that fuckin antee-grav fing & lissen don't I.

Try-inn ter pick up wot them cunts ar say-inn.

See-inn if I can pik owt enny kynd a speshul rivvum or meffud in wot them cunts ar say-inn.

& they don't arf go on them cunts don't they eh.

& I juss keep on lissenin don't I.

& them big-eyed bastards don't pay no a-fuckin-tenshun ter me.

I fink there intrestid in Blakie on acount a the fack that the dozey ole cunt is ded.

So problee the fack that I'm verree mutch a-fuckin-lyve is werkin in me fayva at the momen ain it eh.

& fank fuck fer that is awl I can say.

Sep fer the part a me witch fillz ryte sorree fer ole Blakie a corse.

So they juss carree on tawkin & I juss carree on lissnin.

& I fink I'm beginnin ter pik up sum kynd a simpul rivvum or meffud in wot there sayin now don't I.

I fink so enny-way.

Iss fuckin simpul tho.

& I don't meen that I cood bastardin well unnerstan denny-fink wot the cunts woz say-inn.

Nuffink lyke that.

Coz less fayce it I ain the brayniess bastard in the weld am I.

Coz yew don't aff ter be a braynee bastard ter be a copper do yer.

Coz coppers ate stewdents don't they.

Stewdents ar cunts ain it.

So I ain say-inn I'm awl that clevva or nuffink.

But the fing I figgerd is that wenevva the cunt thass oldin the glahss oova fing wiv awl them fuckin inseck lyke bastards in it sez enny-fink, e she or it starts off by go-inn "CLICK".

Lyke evree-fink e she or it sez bigginz wiv the sand "CLICK".

Ware-as that uvver cunt, the wun wiv the big bawl a bryte bryte lyte, wenevva e she or it sez enny-fink e she or it starts off by go-inn "BEEP-rrrrrr."

& iss lyke evree-fink e she or it sez bigginz wiv a lowd bleep follad by a kwyet wer: "BEEP-rrrrrr".

& arter a lil wyle I realize that the saym fing appenz evree fuckin tyme the cunts bastardin well open there fuckin gobs.

So wot I rekun is that them cunts aff ter start off wotevva the fuck there sayin wiv them same noyziz evree fuckin tyme.

& thass wen I av this fort.

Thass wen it a-fuckin-curz ter me ain it eh.

So I fink that wen that wun woss oldin the glahss oova type con-fuckin-trapshun wiv awl a them inseck lyke bastards swarmin aroun dinsyde sez enny-fink ter the wun wiv the bawl a bryte bryte lyte e she or it bigginz by sayin "CLICK".

& simmalerlee wen the wun thass oldin the bryte bawl a lyte sez summink ter the wun wiv the glahss oova, e she or it bigginz by sayin "BEEP-rrrrrr".

& arter that intra-fuckin-duckshun the cunts can juss say enny ole crap in enny ole dawda.

Don't seem ter mayk no difrenss.

But I rekun iss sum kynd a rool ain it eh.

Iss summink that them bastards av awlwayz gotta say ter biggin wiv.

& I'm runnin awl a that frew me nod & I rekun that praps iss lyke wen blokes & birds on Erf ar tawkin & they biggin by go-inn lyke:/

"Oy…."

& then they say the naym ov oowevva the fuck there tawkin to don't they.

So lyke if I woz gonna say summink ter The Sarge I'd go lyke:/

"Oy Sarge…."

& then I'd say wotevva I woz gonna say wooden I.

& if The Sarge woz gonna say summink ter me eed go lyke:/

"Oy Lockie yew cunt…."

& then eed say wotevva e wonnid ter say wooden e.

& if The Sarge woz say-inn summink ter me most problee it'd be summink lyke:/

"Oy Lockie yew cunt khan chew fuckin shut chore fuckin stewpid trap fer wunce in yore fuckin stewpid bastardin werfliss life then eh."

Wooden e.

But the poin is wot e woz sayin there at the bigginin.

& eeven ole Blakie may e ress din peece, eeven that dozy ole twot Blakie wood problee do the saym fing wooden e.

If e wonnid ter say summink ter The Sarge eed be lyke:/
    "Oy Sarge…"
Wooden e.
& maybe iss the saym fuckin fing wiv them Ayliunz & awl.
Maybe them cunts say eetch uvverz naymz wen there say-inn summink.
So wen the wun thass oldin the glahss oova type fing wonss ter say summink ter the cunt wiv the big bawl a bryte bryte lyte e she or it sez "CLICK" coz thass the cunts naym.
& vysa-versa.
Wen the wun wiv the big bawl a bryte bryte lyte wonss ter say summink ter the cunt wiv the glahss oova type fing e she or it sez "BEEP-rrrrrr" coz the cunt wiv the glahss oova is acksherlee cawld "BEEP-rrrrrr".
& lyke I say I cood be fuckin rong cooden I.
Coz I'm juss chore avridge copper & therefor I ain awl that bryte.
But avvin sed that it duz mayk sum kynd a sentss don't it eh.
My fearee.
So I juss lissen fer a lil longa & this is wot them cunts woz say-inn.
& I can juss tell yew wot they woz sayin now khan I.
I don't need ter say witch wun woz sayin wot coz yew no witch wun is witch now don't chew eh.
Fer ixarmpul:/
    "BEEP-rrrrrr   clik-clak   clik   clik   brrr-bapBAP
    CLIKclakCLIKclakCLIKclak BRRRRRRRbapbapclik-brrr
    BEEP Clik."
& now yew no my fearee & yew no witch wun is witch yew no witch wun woz tawkin then don't chew eh.
Thass ryte, it woz the cunt wiv the bawl a bryte bryte lyte wozzen it.
So this is about twenny sekunz werf a chat.
But bair in mynd that them cunts mayk me look lyke the sylen type.
    "CLIK clik clik clak cliKKKKK BrrBRRBrr-Bap CLAK
    BEEP beep beeP."
    "BEEP-rrrrrr BAP-brrrr-BAP clik-clak clik-claK CLik-k-k-k
    CLAK."

"CLIK beep beep beep beep brrrrrrBAP brrrrrBAP brrrrrrBEEP-
BEEP clak."
"BEEP-rrrrrr CLAK."
"CLIK clak-brrr."
"BEEP-rrrrrr CLAK."
"CLIK clak-brrr."
"BEEP-rrrrrr CLAK CLAK."
"CLIK................CLAK."
"BEEP-rrrrrr BRRRRRR-brrrr-brrrr-brrrr-brrrrr."

& lyke I say thass ownlee about twenny sekunz werf.

So there ryte fuckin gob-shytz ain they.

& it stanz ter reezun don't it.

My fearee I meen.

My fearee that CLIK & BEEP-rrrrrr ar there naymz.

But iss fuckin confewzin tho.

& I don't no wot wood appen if them bastards swopt ekwipmen.

I rekun fings cood be eeven maw con-fuckin-fewzin then.

& ov corse I cood av it com-fuckin-pleetlee rong cooden I.

Cood be kwyte the fuckin oppazit cooden it.

Cood be that in fack them bastards aff ter say there own naymz
wen-evva thay tawk.

Lyke there intrajuicin there-selvz evree tyme or summink.

But I'm juss gonna pritenn that I didden fink a that on acount
a the fack that iss con-fuckin-fewzin fingz eeven furva.

So less juss say that for are perpusiz the wun wiv the glahss oova
type fing is afisherlee cawld BEEP-rrrrrr, & the wun wiv the
bryte bryte bawl a lyte is afisherlee cawled CLIK.

Thass afisherlee akordin ter yorz trewlee ain it.

On acount a the fack that I'm a copper & problee the ownlee
reprazentativ a the lore aroun theez parss wotz currentlee in ful
perzeshun ov iz marbuls.

Wot wiv ole Blakie be-inn ded & The Sarge juss ly-inn on the
flor a breevin & a sobbin lyke I sed.

So wot I say goes don't it.

& them cunts ar still givvin it ain they.

& CLIK goes & stanz ryte necks ter ware ole Blakie is ly-inn.

& eez close inuff ter be standin in ole Blakie's blud.

& BEEP-rrrrrr is standin bak at this poin.

& BEEP-rrrrrr goes lyke:/

  "CLIK clak clak clak BRRRR-bap bip BAP."

& then CLIK benz ova ole Blakie & oldz iz bawl a bryte bryte lyte ryte up close to im.

& fer a momen awl is still.

Evree-fink is frozen in tyme.

& we awl juss wotch wiv baytid breff.

Well me & BEEP-rrrrrr do.

Well I do enny-way.

I don't fuckin no woss go-inn frew ole BEEP-rrrrrr's nod do I.

& juss wen it seemz that nuffinx gunoo appen awl ov a fuckin suddn this bryte bryte beem a lyte shoots owt ov the bawl wot CLIK is oldin.

& I no I sed that the bawl isself is maid a bryte bryte lyte but this beem a lyte is eeven bryta rain it eh.

& it bernz frew ole Blakie's yew-nifform kwik as yew fuckin lyke.

Witch fuckin stinks as enny cunt ooze bernt sum wul or there i-browze or summink will no.

Them fings ten ter stink wen they bern don't they.

& iss awl ova juss daz soon as iss bigunn.

& suddenlee that beem a lyte goes owt & ole Blakie's still ly-inn there in that pool ov iz own fuckin blud.

& the edgiz ov the ole ar stil smoldrin & I can see a lil pink tryangla patch ov iz skin frew the ole.

& bofe a them cunts leen ova to wav sum kynd a shooftie frew the ole there-selvz & awl don't they.

& ole BEEP-rrrrrr is lyke:/

  "CLIK clak brrrbeep BEEP brrBAP clik clik clik."

& ole CLIK is lyke:/

  "BEEP-rrrrrr brrr BAP BRRRBAP brrr clik."

& arter that ole BEEP-rrrrrr stanz well bak a-genn duzzen e she or it.

& CLIK leenz ova wiv the big bawl a lyte a-genn & awl ov a suddn, owt a the fuckin bloo lyke, there's this big flash & ole CLIK stanz well bak & awl.

Eez stil oldin that bawl a lyte tho.

& as e steps bak yew can see anuvver beem thass shootin owt ov the bawl & go-inn strayt inter that lil tryangla role in Blakie's yewnifawm.

& them to cunts ar stan-din well bak now ain they & that solid beem a lyte is awl shay-kin aroun lyke fuckin lytnin or summink.

& iss kernecktid ter the bawl a lyte in Clik's clawz at wun end, & ter pore ole Blakie at the uvver.

& I'm juss stairin & wundrin woss gunoo appen necks.

& I don't aff ter wayt to long do I.

I fyne dowt soon inuff don't I.

Coz awl ov a suddn these lil raze a lyte biggin ter peep owt ov ole Blakie's colla & owt ov iz cuffs & owt ov the enz ov iz trowza legz & awl.

& e looks lyke summink or uvver but I don't no wot coz I ain nevva sin nuffink lyke that bifor in me fuckin lyfe.

So thez nuffink ter com-fuckin-pair it wiv.

So insted ov tryin ter fink a summink ter com-fuckin-pair it wiv I juss wotch.

& lyke I say I ain sin nuffink lyke that in awl me daze.

& thez no fuckin smel now neeva.

Iss as if the naycha rov the beem a lyte az chainjd izzen it.

Coz this beem a lyte ain bernin iz yewniffawm or nuffink.

Iss juss flikrin aroun dundaneef iz yewniffawm wiv-owt bernin it.

So I figger that summinks chainjd lyke I sed, summink ter do wiv the naycha ov the beem a lyte.

& wen I sed juss now that lil beemz & raze woz awl flikrin around & shyn-inn owt ov iz colla & iz cuffs & the enz ov iz trowza legz, well thass awl stil apnin but them lil flikrin raze ain so lil enny maw.

Them lil flikrin raze ar big fuckers now.

& I can ardlee see the por cunts fayce no maw coz them flikrin raze a lyte ar so big & fuckin bryte.

& I khan alp finkin that iss a good fuckin job that the cunt is ded.

Coz if e woz a-fuckin-lyve now eed be fuckin crappin iz-self wooden e.

& yew wooden wonna wish summink lyke that on wun a yore bess mates wood yew eh.

Praps yewd wonna wish it on sum-wun yew fuckin well ate.

But yew wooden wonna wish it on wun a yore bess mates wood yew.

So I rekun iss a fuckin good job that the cunt is ded & e don't no nuffink about woss apnin to im.

& wyle I'm runnin that lil i-dear frew me nod summink else appenz ter them big flikrin raze ov lyte wot ar shynin owt ov iz colla & iz cuffs & the enz ov iz trowza legz.

Iss lyke it ternz inter summink else.

Iss as if the naycha ov the lyte ad chainjd wunse a-fuckin-genn.

& it ternz inter sum kynd a likwid lyte that clingz to iz skin.

& it looks as if eez acksherlee maid ov fuckin lyte now.

A fuckin neon copper is wot e looks lyke.

Coz that likwid lyte is cling-inn to iz skin.

& then that likwid lyte juss seemz ter be soakt up by iz skin or summink.

As if iz skin is sum kynd a spunj or summink.

& the likwid lyte juss disapeerz & gess soakt up into awl ov iz porz.

Lyke wun sekun diss there & the necks sekun diss gon.

& fer about wun sekun flat ole Blakie looks lyke iz normal fuckin self a-genn duzzen e.

In fack tee looks mutch betta than fuckin normal.

& it rimyndz me ov that joke about the paddee ooz ded & a cuppl ov iz frenz ar at the fewnrul & wun a them is lookin at the boddie & go-inn lyke:/

> *"E looks well don't e."*

& the uvver wun is lyke:/

> *"Shore that week in the fuckin cuntree dun im the weld a good didden it eh."*

& iss a bit lyke that now ain it.

Coz I no that pore ole Blakie is fuckin well & soddin troolee ded, may e ress din peece & awl that.

But eeven tho I no eez ded I khan alp finkin juss fer wun sekun dor so that the cunt don't look to bad.

& it muss be summink ter do wiv that weerd likwid lyte gettin soakt up into iz skin.

Lyke iss lytin im from wiv-in or summink.

But then, awl ov a fuckin suddn that lyte juss brayks owt frew iz skin.

& iss lyke wun grate big fuckin flash.

& fer a fuckin sekun dor so me fuckin gobs war-trin ain it.

Coz thez this luvlee smel ov cookin meet ain there.

& then I see awl a this smoke billowin up aroun dole Blakie's ed & as I fuckin wotch iss lyke iz skin is awl a bernin & a bubblin.

Lyke the pore dozy bastard is on fuckin fire.

But eez bernin from the fuckin insyde owt ain e.

So iss juss diz skin woss gettin fride ain it.

& lil bits ov bernt skin ar fawlin off.

& arter about ten sekunz iss awl fuckin ova ain it.

& thez no maw lyte & no maw fire & no maw bubblin fat & no maw soun dov meet be-inn cookt.

& pore ole Blakie ain lookin arf as good as e woz ten sekunz ago is e.

Eez lookin fuckin terrabul now.

Mostlee on acount a the fack that the pore cunt ain got no skin no maw.

Iss awl bernt off.

& eez juss maid ov roar red meet now ain e.

& I tell yew wot, it don't fuckin suit im.

E lookt betta wiv iz skin on didden e eh.

But eeven tho thez no maw lyte & no maw fire & no maw bubblin fat thez stil the smel ov meet be-inn cookt izzen there.

The smel ov bernt meet.

& iss a fermillyer inuf smel to a copper ain it.

Yew don't get ter be a fuckin copper in the Retropolitan Police Force fer verree fuckin long wiv-owt smellin bernt blokes & birds.

Iss part ov the fuckin job ain it.

Par for the soddin corse.

Goes wiv the fuckin terror-tree dunnit.

Bernt blokes & birds? don't wurree I'm a copper.

But I tel yew wot, iss wun a them cuntin smelz that yew ain gonna fuckin ferget to kwiklee.

Wunse yew smelt bernt blokes & birds yor gonna rimemba that

per-tickler a-fuckin-roamer fer the resta yore fuckin daze ain chew eh.

I can still rimemba the ferss tyme I smelt the un-for-fuckin-gettabul aroama rov bernt blokes & birds khan I.

I woz juss a yung bloke at the tyme.

Juss a yung copper wiv ardlee enny bum fluf on me chin.

I problee wozzen eeven fuckin shayvin woz I.

& we woz dryvin aroun wozzen we.

Juss dryvin aroun daz per.

I fink we woz, tho lyke I say iss a fuck ov a long tyme ago now.

Fuckin yonks mate.

& problee I wozzen reelee payin mutch a-fuckin-tenshun on acount ov the fack that I woz juss a yung copper & strayt owt ov copper skool I fink.

& I fink The Sarge woz at the weel wozzen e.

Coz I awl-ways werkt wiv The Sarge.

Ryte from the biginin lyke.

& eez lyke:/

   "Yung man…"

Coz thass wot e yewst ter cawl me didden e.

Eed cawl me Yung Man or Sunnee Boy.

E wooden evva juss dov cawld me Lockie in them daze.

Problee on acount a the fack that I adden proovd me-self yet & I adden payd me jews.

& e didden no if I woz gonna tern owt ter be sum kynd a ryte wanka roar toss-pot or wevva I woz gonna be an awlryte bloke.

So e juss rizervd judjmen didden e & cawld me them kynd a naymz insted.

Jus ter show that e didden rispeck me yet.

& eez lyke:/

   "I ope yew ain fuckin skweemish yung man."

& I'm lyke:/

   "No I ain Sarge."

& eez lyke:/

   "Well I ope yew ain coz arter awl if yore gonna be a copper yew don't wonna be fuckin skweemish about fingz do yer."

& I'm lyke:/

"No I fuckin well ain bastardin well skweemish Sarge wot chew tryin a say mate."

& eez lyke:/

"Nuffink yung man, iss juss that I sinseerlee ope yew ain. Coz if yew woz skweemish then praps yew wooden wonna cum wiv me on the necks lil job thass awl sun."

& I'm lyke:/

"Not me mate."

& eez lyke:/

"Fank fuck fer that sunnee boy. Coz I wooden wonna raffter do enny cleerin up arter enny skweemish cunts wood I eh."

& I'm lyke:/

"Wot if there sik or summink yew meen."

& eez lyke:/

"Thass it yung man yeah."

& I'm lyke:/

"No Sarge I ain gonna be sik or nuffink mate."

& eez lyke:/

"No I new yew wooden, juss checkin tho, thass awl sunnee."

& I'm lyke:/

"Woss this lil fuckin job yore on about then Sarge. Iz that ware weer fuckin go-inn now mate."

& eez lyke:/

"Yes yung man, thass ware I'm dryvin us now."

& I'm lyke:/

"Is there a lode ov blud & shit & ded blokes & birds awl ova the bastardin place wiv there guts angin owt then Sarge."

& eez lyke:/

"No there ain fank fuck."

& I'm lyke:/

"Yeah fank fuck fer that eh Sarge."

Coz I woz finkin that if there woz a lode ov ded blokes & birds evree-fuckin-ware wiv awl a there guts angin owt I maybe wooden ov lyked it that mutch.

I don't speckt I'd ov pewkd or faintid or nuffink imbarrasin lyke that, but I cooden be shore coz I adden sin enny ded blokes & birds at that point in me life.

So eeven tho I sed I wozzen skweemish I wozzen ixzacklee shore ow I myte ov reaktid.

But then I'm lyke:/

"Ang on a fuckin mo Sarge. If there ain nun a them ded blokes & birds & awl blud & guts & shit awl ova the fuckin place y the fuck ar yew go-inn on about wevva I'm skweemish or not. If there ain nun a that kynd a stuff aroun wot is there to be skweemish about mate."

& eez juss lyke:/

"Ang on then & yule fyne dowt won't chew sunnee."

& then e don't say nuffink mor on the subjeck.

& I fink this is ow it append but lyke I sed iss a fuck ov a long tyme ago.

Wun fing I do rimemba tho is that it woz fuckin snowin.

So thez awl this fuckin sno evree-fuckin-ware.

& iss lyke a fuckin krissmus kard or summink.

& cum ter fink ov it I fink it problee woz krissmus tyme or there-a-fuckin-bouts.

But enny-way evensherlee the cunt pulz up the van don't e.

& e looks at me & eez lyke:/

"Ear we bastardin well ar then yung man."

& e looks owt ov the win-der at this owse wot weave puld up in frunt ov.

& I av a lil look & awl.

Ova riz shoalda lyke.

& I khan see mutch on acount ov the sno.

Juss looks lyke an ordunree kyne dov owse ter me.

& eez lyke:/

"Cum on then sun less av a fuckin shooftie then. O & by the way ware dew ide that ly-bree card wot we nickt off the cunt we dun fer speedin yessdee sun."

& I'm lyke:/

"O iss ear Sarge wot dew wonn it for mate."

& eez lyke:/

"Jus fuckin shut the fuck up & giv it ear eh."

& iss juss dan ordunree lil owse I fink.

But then I notiss that there ain no soddin glahss in the fuckin win-ders, & iss lookin a lil scruffy unda neef the soddin sno.

& I'm lyke:/
   "Woss bastardin well rong wiv this owse then Sarge?"
But e don't ahnsa.
E juss gess owt ov the soddin van & I juss daff ter fuckin folla rim.
& iss fuckin coal.
& eez got the fuckin kee & e unlox the fuckin dor & juss pushiz
the cunt open.
& iss awl fuckin dark insyde that owse ain it.
& it don't fill enny fuckin warmer insyde than owt.
& weir juss standin on the dor-step ain we.
& I'm lyke:/
   *"Oy Sarge tern the fuckin lyte on then mate. Flick that fuckin
   switch & less shed a lil lyte on the fuckin subjick eh."*
& eez lyke:/
   *"No yung man, I khan do that on acount ov the fack that the
   fuckin lektrix don't soddin well werk."*
& I'm lyke:/
   "Woss fuckin rong wiv em then Sarge."
& e don't say nuffink duz e.
E juss liffs up iz ed & rinklz up iz noze.
Iss lyke sum kynd a fuckin annermul im-fuckin-preshun ain it.
& I'm lyke:/
   *"Woss this giv us a fuckin cloo or summink mate. Yew a fuckin
   annermul a sum sort Sarge. Yew wun a them fuckin sniffa dogz or
   summink."*
& eez juss lookin at me & shay-kin iz nod & go-inn:/
   "T-t-t-t-t-t-t-t-t."
& I'm lyke:/
   "I no, iss a fuckin wotch dog ain it Sarge."
& eez lyke:/
   *"No yew stupid fuckin cunt it is not a fuckin wotch dog. We ain
   fuckin playin giv us a fuckin cloo yew stewpid fuckin shit-fer-
   braynz wankstayn. Ar yew tryin a wynd me up or summink."*
& I fort I betta radden mayk a joke about wyndin up wotchiz or
nuffink, coz I rekun that eed problee ov beetn me up or summink.
So I juss stan there grinnin at im don't I.
& eez lyke:/

"Y ar yew grinnin at me lyke that eh."
& I'm lyke:/
"Nuffink Sarge."
& eez lyke:/
"Look yung man I'm fuckin warnin yew. Woss so fuckin funnee eh?"
& I'm lyke:/
"No I ain gonna tell yew Sarge."
& eez lyke:/
"Yew betta fuckin tell me yung man or else mate."
So I'm lyke:/
"Wel yew juss sed yew wozzen a wotch dog but then yew askt me if I woz tryin a wynd yew up & I woz juss finkin that yew wynd up wotchiz thass awl Sarge."
& I'm fuckin glad that looks don't kill I can tell yew.
& then e juss goes lyke:/
"Sniff sunnee sniff."
& thass wen I smelt it for the ferss tyme.
That smel lyke I woz sayin.
The smel ov bernt blokes & birds.
& it woz awl mixt up wiv them uvver smelz at ferss wozzen it.
The smelz ov bernt telleez & bernt wood & bernt carpiss & awl shit lyke that.
& for a wyle it woz i–dinn amungss awl a them uvver smelz.
So I cooden figger owt wot I woz smellin at ferss.
But arter a lil wyle I looks at The Sarge & I'm lyke:/
"Ear Sarge woss cookin mate?"
& eez lyke:/
"No sunnee, nuffinks fuckin cookin thass juss the smel ov bernt blokes & birds & there kidz."
& at ferss I fink the cunt muss be fuckin jokin.
So I'm lyke:/
"Oy Sarge don't be a cunt mate. Wozzen they juss cookin sossidgiz or summink wen the shit ole cawt fire. Coz thass wot it fuckin smelz lyke mate. Fuckin sossidgiz or summink."
But e juss looks at me & goes:/
"Cum on sun we ain got awl fuckin day ter stan aroun tawkin av we."

& we wawks inter the fuckin livvin room don't we.

& iss ryte fuckin weerd I can tell yew.

Coz most fingz ar bernt.

The walls ar awl black on acount ov the smoke & soot & fire.

& thez no fuckin seelin, juss awl theez bernt blak beemz & I can see ryte frew to upstairs.

& the sofaz fuckt.

Iss juss da pyle ov twistid mettle.

But woss reelee weerd is that in wun corna is this fuckin krissmus tree.

& there ain no fuckin deckarayshunz or nuffink.

There problee awl meltid or summink.

But iss still fuckin reckanyzabul.

& there's awl theez prezunss unda the fuckin tree.

& sum a the rappin paypa riz bernt lyke but apart from that they ain in to bad nick.

& I'm lyke:/

"Oy Sarge iss lyke sum kynd a krissmus mirakul ain it. In the mist ov awl this fire & de-fuckin-struckshun, the bastardin krissmus tree is still standin there & bring-inn joy to awl."

& eez lyke:/

"I don't no wot kynd a fuckin mirakul that wood be yung man, coz awl a them blokes & birds & there kidz wot livd ear woz bernt a-fuckin-lyve wozzen they sun. & juss da few daze bifor fuckin krissmus & awl. Nuffink mirrakyulus about that sun. Iss a fuckin shaym ain it eh."

& I'm lyke:/

"O I didden no Sarge. Pore fuckin cunts woz they awl killd mate."

& eez lyke:/

"Yes they woz I'm sorry ter say yung man."

& then e finks fer a seck & az a kwik shooftie aroun the room

& eez lyke:/

"Sum a this uvver stuff is im-fuckin-portan eva-dunss tho sunnee. Y don't chew go owt ter the van & fynd a cuppl a them big evadunss boxiz ov arz. Weed bess tayk sum a this stuff in I fink."

So I'm lyke:/

"Yeah OK Sarge ang on a mo then."

& I fetchiz em for im & wen I givz em to wim eez lyke:/
  "Yew no wot sun, this rimyndz me that I've run owt a fagz. Yew
  wooden mynd runnin dan the shop fer us wood yew yung man."
& I'm lyke:/
  "Ryte chew ar then Sarge."
So e givz me the cuppla quid & off I go.
& iss a fare ole trot dan the neariss doffee.
& by the tyme I gess back eez awlreddee lowdin them big boxiz
inter the back a the fuckin van.
& eez awl swettin eeven tho iss fuckin freezin coal.
& eez lyke:/
  "Well dun yung man. Inter the fuckin van wiv yew then sun &
  less go mate."
& nuffink maw woz sed on the subjick.
But a cuppl a daze arter krissmus me & The Sarge woz dan the
stayshun tawkin ter Delta.
& Delta ain iz naym, but sintss the cunt duz raydio dewtee
witch involvs go-inn "This is fuckin Delta-India-Charlie-
Kebab…" awl the fuckin tyme thass wot we cawl im.
So we woz tawkin ter Delta enny–way & awl ov a suddn eez lyke:/
  "Well we cawt the cunt didden we Sarge."
& The Sarge is lyke:/
  "There awl cunts Delta, witch per-fuckin-tickler cunt wood yew be
  riff-errin to mate."
& Delta's lyke:/
  "That cunt wot nicked them prezunss off them ded blokes & birds
  & there kidz wot woz killd in that fire a few daze bifor fuckin
  krissmus mate."
& The Sarge woz lyke:/
  "Witch ladz brawt im in then Delta."
& Delta goes lyke:/
  "Alpha-Romeo-September-Eagle I fink, but I dunno coz I
  wozzen ear yessdee woz I mate."
& The Sarge woz lyke:/
  "Well that cunt dizervz awl e fuckin gess I rekun. Fantsee nickin
  fuckin krissmus prezunss off ov ded blokes & birds & there kidz
  eh. Wot kyn dov eevul cunt wood do a fing lyke that eh."

& I'm lyke:/
  "Ow did they catch the eevul wanka then Delta."
& Delta goes lyke:/
  "Stewpid cunt ownlee wen & dropt iz fuckin lybree card didden e. Wot a fuckin wankstayn eh sun."
& The Sarge is lyke:/
  "Oy Delta yew cunt, is the eevul wanka still dan the sellz then."
& Delta's lyke:/
  "Roger rodge mate. E ain go-inn no-ware til the mornin Sarge."
So The Sarge is lyke:/
  "Well thass gotta be wun eevul bastardin crim ain it. Ter wanna do summink lyke that. I don't fink I evva tryde ter cure sum-wun that fuckin eevul bifor. But I'll giv it a go mate, I'll giv it a fuckin go. Witch wunz e in Delta."
& Delta's lyke:/
  "Numba 9 Sarge."
& The Sarge is off.
Coz lyke I awlreddee sed The Sarge ain chore ordunree avridge copper is e.
Eez a fuckin 'Yew-No-Wot' wot woz put ear wiv a mishun ain it.
A fuckin mishun ter cure awl a the bastardin crimz & the fuckin killers & the kyne dov eevul filf wot wood wonna nick prezunss off a ded blokes & birds & there kidz juss bifor krissmus.
& iss sum kynd a ryte payn-ful bizniss I fink.
This curin e duz.
& most a them crimz & killers & eevul filf don't wanna no do they.
The bastards don't wonna be cured.
But that don't mayk no difrenss duz it eh.
Coz wunce The Sarge az got that gleem in iz 'Yew-No-Wot' eyes & wunse iz delivree sistem as e cawlz it is in-gaijd as it wer, then it don't mayk no difrenss if the cunts wonn it or not.
The Sarge is gonna giv it to em enny-fuckin-way.
Wunse eez dissidid ter giv wun a them cunts a dose ov iz speshul jeneticklee fuckin enjineerd nanobots then eez gonna do it if it killz em ain e.
& evree so offen it fuckin well duz & awl.
I wooden fantsy be-inn on the ri-fuckin-seevin end a that

delivree sistem ov iz.

I wooden fantsy it wun fuckin bit I can tell yer.

& yore lucky yew cooden ear the noyziz wot woz cummin from numba 9 that eevnin.

The mownin & the grownin woz terrabul.

We awl tryde ter reed sum verree fuckin intrestin newz paypaz didden we.

& we awl tryde to wignaw them screemz & waylz & chokinz & sobbinz wot woz cummin owt ov numba 9.

It woz fuckin terrabul.

But e-fuckin-venshalee, arter wot seemd lyke fuckin yonks, The Sarge cumz owt don't e.

& iss awl kwyet ain it eh.

& eez do-inn up iz trowzas & tuckin iz-self in.

& e looks at us & goes lyke:/

"*Well fuck me ladz that woz wun eevul bastard wozzen it eh.*"

& Delta's lyke:/

"*Didger cure im tho Sarge?*"

& The Sarge is lyke:/

"*Yes Delta I did cure im in a manna ov speekin yes.*"

& Delta's lyke:/

"*Wot manna ov speekin wood that be then Sarge.*"

& The Sarge is lyke:/

"*Well Delta e ain gonna go & nick enny maw prezunss off ov ded blokes & birds & there kidz on krissmus fuckin eev a-genn is e mate.*"

& Delta's lyke:/

"*Fank fuck fer that Sarge. Iz the eevul cunt gonna ripent iz waze then mate.*"

& The Sarge is lyke:/

"*No e ain Delta. Eez ded ain e. The forsiz ov goodness woz to fuckin mutch fer that eevul wanka I fink.*"

& Delta's lyke:/

"*O fuck yew cured im to fuckin mutch didden chew Sarge.*"

& The Sarge is lyke:/

"*No it wozzen me Delta, the stewpid cunt choked on iz own fuckin pewk didden e mate.*"

& we awl lookt at The Sarge as if ter say wot dew meen then mate.
& e goes lyke:/

> *"Well the cunt pewkt up the ferss lode din e. So I ad ter giv it im a-fuckin-genn didden I. Stewpid cunt. Still awl in a fuckin daze werk ain it. Cum on yung man less fetch the van weave got fuckin werk ter do ain we eh."*

& wen we get owt ov the stayshun I'm lyke:/

> *"Oy Sarge."*

& eez lyke:/

> *"Yes yung man."*

& I'm lyke:/

> *"Lissen Sarge I'm problee stewpid & kynd a dim ain I mate."*

& eez lyke:/

> *"Yes sunnee yew ar at that ain chew eh."*

& I'm lyke:/

> *"I no Sarge but lissen, wozzen that the saym fuckin ly-bree card we nickt off the bloke we dun fer speedin the uvver day tho Sarge."*

& eez lyke:/

> *"Wot chew tawkin about yung man."*

& I'm lyke:/

> *"Yew no that eevul bastard wot woz in the sellz, the wun ood nickt awl a them prezunss off the ded blokes & birds & there kidz…"*

& The Sarge is lyke:/

> *"Yes yung man wot about im eh."*

& I'm lyke:/

> *"Well Delta sed that e woz cawt coz e dropt a lybree card wen e woz nickin the prezunss owt ov the owse, but we took that lybree card in there didden we Sarge."*

& The Sarge looks at me don't e & eez lyke:/

> *"Lissen yung man. Y dew fink that the cunt woz speedin in the ferss place eh."*

& I'm lyke:/

> *"I dunno Sarge."*

& eez lyke:/

> *"Coz e woz the wun wot torcht the owse in the fuckin ferss place wozzen e eh."*

& I'm lyke:/

"O ryte I'm wiv yew Sarge."

But wyle I'm runnin it awl frew me nod it don't add up duz it.
& I go:/

"So e didden acksherlee nick the prezunss at awl then Sarge."

& The Sarge is lyke:/

"Witch is werse sun, nickin a few prezunss or killin a lode ov blokes & birds & there kidz."

& I'm lyke:/

"Killin blokes & birds & there kidz I spoze Sarge."

& eez lyke:/

"Yore ryte there sun. But lissen, if we don't av enny evadunss ter get witch-evva cunt dun it, then weave gotta fynd ar own fuckin evadunss ain we."

So I'm lyke:/

"We plantid that lybree card didden we Sarge."

& eez lyke:/

"Yes we fuckin did sunnee. Yor kwik ain chew eh. Fink ov it as plantin a lil seed ov troof or summink, & by plantin that lil seed we mannidged ter catch the cunt wot bernt the owse dan & killd them blokes & birds & there kidz didden we."

& I'm lyke:/

"Yeah I spoze we did Sarge, so iss a job well fuckin dun ain it."

& eez lyke:/

"Yes yung man, awlz well that enz well mate."

But then I'm lyke:/

"So Sarge…"

& eez lyke:/

"Yes sunnee."

& I'm lyke:/

"Oo nickt the fuckin prezunss then mate."

& eez lyke:/

"Cum on yung man, we ain got awl fuckin day ter stand aroun tawkin av we, juss get in the fuckin van & less go sun eh. & I don't wonnoo ear anuvver werd about that eevul killer awlryte. We got im. End ov."

& I don't say nuffink.

11

But the funnee fing about ole Blakie is that the cunt izzen awl
blak & crispee lyke yewd ixspeck a bernt bloke or bird ter look.

E don't look lyke yor avridge bern victim at awl.

On the contree eez awl fuckin red & roar & shy-nee, juss lyke
red roar meet awl oozin wiv blud.

Nun a that blak or crispee shit at awl.

E looks lyke wun a them pickchuz ov peeld blokes & birds in
sum kyne dov a-fuckin-natter-me tecks book.

Awl red & roar & musselz.

Ixsep teez stil got iz fuckin yewnifawm on azzen e.

So thez juss this red & roar ed stickin owt ov the top.

Awl stairee eyed on acount ov the fack that iz eye-lidz av bin
bernt off, so iz fuckin eyes ar poppin owt ov iz fuckin ed ain they.

Lyke eez com-fuckin-pleetlee bastardin well sur-fuckin-pryzed
about summink or uvver.

& less fayce it e wood be fuckin surpryzed wooden e.

If e woz a-fuckin-lyve & new wot orraz ad be-fuckin-fawlen im.

In fack I don't reelee fink that enny ordunree bloke or bird
cood stan ter no sutch orraz.

Iss maw than enny ordunree bloke or bird cood tayk ain it eh.

No-inn sutch orraz ad be-fuckin-fawlen yew wood problee be
inuff ter dryve yew arf mad wooden it eh.

I don't fink enny fucker cood bare it.

So iss bess that the cunt is ded reelee.

Pore ole Blakie, e don't look dozee no maw duz e.

Not wiv them stairee eyes ov iz.

E looks wyde a-fuckin-wayk duzzen e.

Pore ole cunt iss juss das fuckin well the bastard's ded I rekun.

So eel nevva no the orraz that be-fuckin-fell im arter e past
a-fuckin-way.

Thass the kynd a fing thass problee garran-fuckin-teed ter sen dew arf way roun the fuckin ben dizzen it eh, see-inn sum fuckin Ayliunz bernin off yor skin wiv sum big bawl a bryte bryte lyte.

Fer fucksake thass gonna do enny bastards ed in.

Ter see summink lyke that befawlin yore pore lil boddy.

But I keeps that obzavayshun ter me-self don't I.

On acount ov the fack that Blakie is ded & eeven if e wern e problee wooden fank me fer rimyndin im ov iz sit-yew-ay-shun. & The Sarge is juss layin there on the fuckin flor a sobbin iz sobz & a breevin iz raggid breffs lyke bifor.

& I ain gonna shair the bennafit ov me wizdum wiv them to big eyed bastardin Ayliunz on acount ov the fack that I avven reelee pickt up the fuckin lang-widge yet.

But them cunts don't let the fuckin grahss gro unda there fuckin feet do they.

Coz juss wen I fink I'm gettin yewst ter this new peeld Blakie & ow cuntin glad I am that the pore cunt is ded, them to cunts ar awlreddee gettin on wiv there bastardin ixperimenss ain they.

No soona rad I got yewst to awl that bernin & shit then ole CLIK wawks ova ter the dor & wen it openz e juss less go a vis bawl a bryte bryte lyte.

But it don't fawl ter the groun lyke yew myte ixspeck.

It juss angz there in the dor way until ole CLIK goes lyke:/

    "Dzzzzzrrr BAP."

& off that bawl goes, juss wizzin off on iss own lyke sum kynd a dog woss juss bin toll ter go to iz barskit.

Then CLIK ternz aroun dan looks at me don't e.

& I rekun e muss no that I clokt that bawl ov iz & ow iss kyne dov in-fuckin-telijen or summink.

But e don't say nuffink, e juss wawks parst me & ova ter ware ole BEEP-rrrrrr is standin.

& I can see that BEEP-rrrrrr az taykn iz glahss oova type fing ova ter ware the freshlee peeld Blakie is ly-inn.

& ole CLIK is lyke:/

    "BEEP-rrrrrr clik clik CLAK brrBRR Dzzzzzrrr-BAP BRRRRR-tzdr."

& for sum reezun bofe a them cunts look ova at me ware I'm stil

angin saim as bifor wiv no vizzerbul meenz ov support as per.
& they bofe juss look at me & for sum reezun praps juss coz I
wonnid ter wynd them bastards up I'm lyke:/
*"Yeah iss me Lockie ain it. I'm stil bastardin well ear ain I. I ain
go-inn fuckin no-ware am I. I dred ter fink wot yew cunts ar go-
inn ter do wiv that weerd lookin glahss oova fing a yorz. I don't
spoze iss fer cleenin tho is it eh. Ain reelee an oova is it eh. I meen
yew cood problee do wiv sum kyne dov an oovarin in ear cooden
chew, on acount ov awl that blud & shit on the fuckin flor. But don't
mynd me yew cunts, juss get on wiv wot chore do-inn."*
& then I az a bit ov a brayn wayv don't I.
If my fearee about CLIK & BEEP-rrrrrr be-inn there naymz is
ryte & evree-fink them to cunts say ass ter biggin wiv eetch
uvverz naymz then is problee lyklee that that intelijen bawl ov lyte
is cawld "Dzzzzzrrr" coz thass wot ole CLIK sed to it izzen it.
E sed "Dzzzzzrrr BAP" to it didden e, & off it fuckin wen lyke.
So juss ter wynd them cunts up I points at the soddin dor & go:/
"Dzzzzzrrr."
& then I sez it a-fuckin-genn juss din cayse they didden ear me
the ferss tyme, I'm go-inn lyke:/
"Dzzzzzrrr, Dzzzzzrrr, Dzzzzzrrr, Dzzzzzrrr, Dzzzzzrrr."
& them to cunts woz fuckin gobsmakt wozzen they.
Fer a cuppl a sekunz the cunts juss fuckin lookt at me wiv there
fuckin gobs open.
& the fuckin funniess fing woz that arter about to or free
sekunz the soddin dor opund & the intelijen bawl a bryte bryte
lyte flowtid bak inter the fuckin room.
So me fearee woz ovvy-uslee correck wozzen it.
It ovvy-usslee fort that sum-wun ad bin cawlin it.
& I spoze I ad bin cawlin it adden I.
But ole CLIK ternz aroun dan goes lyke:/
*"Dzzzzzrrr BAP BAP BAP clik clik sssssszzzzzz clik clak
BRR."*
& the flowtin bawl a lyte juss fuckin well flowtid back owt a-
fuckin-genn didden it eh.
& the soddin dor clowzd wunse a-genn & awl woz kwyet & stil
wunse a-fuckin-genn.

Then they look at eetch uvver & juss bastardin well carry on wiv wot there do-inn.

& I rekun that I muss dov ryte pisst em off coz arter that neeva a them to cunts sed nuffink did they.

& wiv-owt sayin nuffink BEEP-rrrrrr grabz that glahss oova fing ov iz don't e.

& e grabz old a that choob fing duzzen e.

& I can see that iss got a kyne dov pointy end.

Lyke fer ooverin dan the bak a yor fuckin sofa or wot-evva.

Ownlee lyke I sed iss not an oova & there ain no fuckin sofas on this fuckin spay ship ar there.

It ain chore avridge bloke or bird's flat wiv carpiss & furnitcher & shit awl ova the fuckin playce.

So I dred ter fink ware eez gonna shuv that bastard.

I got a good i-dear tho.

& then ole CLIK grabz old ov Blakie's ed & ternz it a lil bit so that ole Blakie is acksherlee lookin ova rat me now.

Eez lookin ova rat me wiv them stairee ded manz eyz ov iz.

& I don't lyke that wun lil bit I can tell yew.

& ole CLIK is sum-ow oldin ole Blakie's ed steddy or summink, & then BEEP-rrrrrr juss benz ova ran openz Blakie's gob wiv wun ov iz fingaz & then juss shuvz that pointee endid choob fing ryte dan pore ole Blakie's frote duzzen e.

& a corse the cunt is ded so e don't struggl or nuffink.

E don't choke or splutta or coff or nuffink lyke that.

E don't reziss them cunts in enny way duz e eh.

Coz eez ded ain e.

Pore cunt.

& ole BEEP-rrrrrr juss shuvz that cuntin choob ryte dan iz frote.

& wen iss in juss about as far as iss gonna go e stops shuvvin & reechiz ova & tutchiz a switch on that glahss tank fing woss got awl them lil fings swarmin aroun din it lyke lil insecks or wot-evva.

& juss das e duz that, juss as e tutchiz it or wot-evva them fings start awl chernin aroun din there don't they.

Iss as if them lil inseck-type fingz ar gettin awl ixsytid or summink.

Eeva that or thez sum kyne dov invizzerbul mota or summink

in there woss chernin awl ov that likwid aroun lyke a food mixer or summink.

& I can see awl a them fingz startin ter go up the choob khan I.

& I can see them awl startin ter go dan iz frote khan I.

Well I spoze thass wot there do-inn.

I spoze there awl gluggin away dan ole Blakie's frote & into wiz guts or sum-ware.

Iss a bit lyke sum kynd a force feedin ain it.

Sep I don't mynd tellin yew that I wooden fancy eetin them lil inseck-type fings me-self wood I eh.

& ter tel the troof the way them lil bastards ar churnin aroun, awl ixsytid lyke, I khan alp finkin I don't fuckin no wot.

But the way them lil cunts ar rushin & gurglin up that choob, & the way there rushin dan into wiz guts or ware-evva the fuck there go-inn, ter tel the troof it don't look so mutch lyke ole CLIK & BEEP-rrrrrr is force feedin Blakie duz it eh.

It looks maw lyke them lil inseck-lyke cunts ar gonna be bastardin well eetin im.

& thass not a verree a-fuckin-peelin prospeck tiz it eh.

I arsk yew.

Ter be eetn from the fuckin in-syde owt.

Fer fucks sake eh.

Pore ole fuckin Blakie eh.

Eeven if e is a ryte dozee twot e don't fuckin dizerv that duz e eh.

Pore cunt.

& arter about wun minit awl a them cunts av gon avvent they.

That glahss oova type fing is com-fuckin-pleetlee empty ain it.

There awl dan in iz guts ain they.

& ole BEEP-rrrrrr starss pullin the long choob owt ov ole Blakie's gob.

& eeven tho I ain fuckin skweemish wen that choob cumz owt ov iz gob therz awl a this fuckin blud & goo on the en dov it ain there.

& awl that blud & goo is juss drippin off the end a that choob ain it.

Awl kynd a slymee.

& I felt a lil bit sick I can tell yer.

But still I didden frow up or faint or nuffink em-fuckin-barrasin. Coz I ain fuckin skweemish am I eh.

But wyle awl a this is go-inn on I'm finkin well is that fuckin it then?

Av yew fuckin well finisht wiv im yew cunts.

Iz that it & awl a-fuckin-bout it then yew big-eyed free-fingerd bastards.

& I khan alp me-self can I.

& I'm lyke:/

> "Iz that fuckin well it then yew cunts or wot? Ar yew fuckin finisht yet then eh. Pore ole sod, wot yew gonna do to im now yew cunts eh. Fer fucksake eez ded ain e, khan chew juss leev im a-fuckin-lone fer a fuckin bit eh."

But them to fuckin Ayliunz juss dig-fuckin-nor me don't they. & the free ov us thass me, BEEP-rrrrrr & CLIK, the free ov us wot ar eeva a-fuckin-lyve or in inuff ov a stayt ter kair, the free ov us juss wotch & fuckin wait don't we eh.

& I'm juss waytin ter see wot will fuckin appen nex.

& I'm wundrin wot that gut-ful ov inseck-lyke creetchaz ar gonna do ter me ole mate Blakie.

Nun ov us say nuffink do we.

& iss awl fuckin stil & kwyet.

Juss sylentlee wotch & wait ain it.

& it akurz ter me that them lil inseck-lyke bastards cood be sum kynd a fuckin nanobots lyke the wunz that The Sarge az got in iz bollocks.

I don't fuckin no.

Praps there acksherlee a-fuckin-live, or praps they ain.

I don't fuckin no do I.

Praps there fuckin minitcher submareenz juss embarkt on a fan-fuckin-tasstick voyidge ov discuvvree.

I don't fuckin well no do I.

Praps there avvin a rayce or summink witch is be-inn tranz-fuckin-mittid roun the ole fuckin Sola Sistern wiv commentreez in fiftee millyun difren fuckin langwidgiz & the ferss wun ter pop owt a the end ov ole Blakie's cock is the fuckin winner.

Praps they ar.

I don't fuckin well no do I eh.

There problee not but I cooden say fer shore.

So I goes lyke:

> *"Oy yew cunts! Wot ar them lil fings enny-way. Wot ar yew do-inn
> ter me ole mate Blakie then eh?"*

But they don't say nuffink do they.

Sep wun a them cunts looks ova rat me and reechiz into iz or
er pockit & pullz owt sum kynd a mettle fing bowt the syze ov
a fag packit & poynts it at me.

& I'm juss like:/

> *"Ah! No! Stop it chew cunts! Wot chew do-inn that for eh. I woz
> juss darskin wozzen I."*

Then awl that grav cumz up ter meet me don't it.

& I suddenlee fill awl this wait cum crashin dan.

& evree-fink goes dark duzzen it.

& I khan see fuck awl.

& I ain waitliss no maw.

& I'm fawlin dan.

Juss fawlin.

Juss fawlin frew the dark dark nyte.

12

& it takes me a wyle ter figger owt ware the fuck I am dun it eh.
Fer a cupl ov sekundz I khan werk it owt at awl.
& I'm juss frozen there ain I.
Wevva frew fear or wot I dunno.
But I khan fuckin moov can I eh.
Awl I can fuckin do iz cuntin look ain it.
Wotchin awl them fuckin lytes & wundrin ware the fuck I am.
Coz theez lytes ain awl bryte & wyte ar they eh.
Theez fuckin lytes ar orinj.
& the cunts ar awl swimmin up from the frunt & then flyin past.
Streemin owt ov space lyke.
& I can see em frew sum flat bit a glahss or uvver.
Lyke a win-der.
& I'm in sum kynd a fuckin room.
& I khan fuckin moov.
Juss aff ter sit & wotch theez fuckin orinj lytes ain it.
Flyin terwardz me then veerin off bifor the cunts can it me.
Witch is juss daz well coz lyke I say I khan fuckin moov can I eh.
& I ain waitliss no maw neeva.
& I ain in sum gleemin wyte & shynee room lyke off Star Trax.
Juss sitt-inn & wotchin ain I.
Juss sitt-inn & wotchin them fuckin orinj lytes.
& thez sum sandz & awl.
Sort ov lyke a buzzin sand.
Not an eye-pitcht buzzin or skweekin tho.
& not lyke far away insecks on a summaz day.
Kynd ov lyke a mixcher a the to ain it.
Lyke a kynd a slo deep rattlin buzz.
& I can fill this sand as much as ear it khan I.
I can fill it cummin up frew me feet & then vy-braytin up frew
the rest a me.

Lyke a sort ov rivmik sand.

& I can fill me-self vy-braytin lyke.

& I'm juss sitt-inn there arf a-fuckin-kip & un-aybul ter moov & juss wotchin them fuckin orinj lytes flyin terwardz me & I'm kynd a shaykin jentlee wiv the sand thass cummin up frew the flor a this room witch is awl dark.

& I khan moov nuffink so fer ixarmpul I khan juss tern me nod & av a shooftie at the fuckin room.

Awl I can do is look owt a the fuckin win-der in frunt a me & wotch them orinj lytes.

& I try ter moov dun I eh.

Corse I fuckin do.

Iss juss me legz & armz & andz & eyes & wot-evva don't wonna fuckin no do they.

Khan get the fuckers ter do enny-fink can I.

Juss frozen lyke.

& I'm lookin frew the win-der at them fuckin lytes wot are streemin terwardz me owt a the dark dark nyte & feelin me-self jentlee shaykin wiv the noyz.

& iss a nevva-fuckin-endin streem a lytes ain it.

Streemin owt a the nyte lyke I say.

& I'm wundrin if this is anuvver wun a them fuckin ixperimenss coz the last fing I rimemba ris the free ov us in that gleemin shynee room lyke off Star Trax & wot them free fingerd cunts did ter por ole Blakie.

May e ress din peece.

That por ole cunt.

E didden dizerv that did e eh.

Gettin awl ov iz skin bernt off fer starterz.

Then gettin pumpt full ov awl them lil inseck-lyke cunts.

& I'm finkin that praps be-inn in this room myte be yet a-fuckin-nuvver wun a there ixperimenss.

But lyke I say it takes me a lil wyle ter get me bairinz.

Cood be a cuppl a sekundz or it cood be yonks.

But the fing wot bringz me ter me sensiz lyke, is a sand ain it.

Not the kynd a rivmik sand woss cummin up frew me feet & then vy-braytin up frew the rest a me.

Not that lo deep buz.

Wot brort me ter me sensiz so I cood figger owt ware the fuck I woz woz a fuckin voyce.

& I dunno I meen I sed a cuppul a sekunz but I cood a bin sitt-inn there stairin at them orinj lytes fer fuckin yonks cooden I mate.

Ooz ter fuckin say eh.

Cooda bin a cuppul a sekunz cooda bin a cuppul a vowers cooden it eh.

Juss stairin inter fuckin space ain it.

But awl ov a fuckin sudden I snaps owt a vit dun I.

On acount a this fuckin voyce owt a no-fuckin-ware.

& iss a fuckin yewman voyce witch is summink ov a releef sintss I ain erd a fuckin yewman voyce fer fuckin yonks.

Not sintss The Sarge ad iz funny tern on acount a the eye pitcht buzzin & skweekin noyz in that fuckin room awl gleemin wyte & shynee lyke off Star Trax.

I avven erd a fuckin yewman voyce sintss then av I eh & that cood a bin fuckin yonks ago & awl cooden it.

Iss juss bin awl clix & werz & tryna figger owt wot them free fingerd fuckers woz sayin azzen it.

So suddenlee thez this fuckin yewman voyce ain it.

& iss a fermillyer fuckin voyce & awl.

& wun I didden fink I'd evva fuckin ear a-fuckin-genn.

Juss boomin owt awl craklin & loud inuff soze I can ear it abuv awl a them uvver sandz.

& as soon as I erd it I snapt owt a vit didden I.

Snapt owt a me dreem-lyke state.

& this voyce goes lyke:/

> "Charlie-Uncle-Norfolk-Tango…Charlie-Uncle-Norfolk-Tango…This is Delta-India-Charlie-Kebab…Cum in pleez, ova."

& soon as I earz that stewpid cunt's voyce I praktiklee jumps owt a me fuckin skin dun I.

Coz I fink that wiv-owt eeven finkin about it I woz problee finkin that I wooden ear a fuckin yewman voyce a-fuckin-genn.

Let a-fuckin-lone that cunt Delta.

& I figgerd owt wot woz go-inn on didden I.

& I rapidlee got me fuckin bairinz.

& I figgerd owt that them bryte orinj lytes wozzen streemin terwardz me owt a fuckin space or summink, I woz moovin terwardz them.

They woz fuckin streetlamps ain it.

& weir in ar fuckin van ain we.

& I look aroun & iss the fuckin free ov us ain it.

Juss the free ov us as fuckin per.

Me, The Sarge & ole Blakie.

& The Sarge is dryvin ain e.

Juss wotchin the fuckin road as we dryve frew the dark dark nyte.

& ole Blakie's sitt-inn in the bak ain e.

The cunt is juss sitt-inn there wiv a fuckin grate big grin on iz fayce.

& I'm lyke:/
   "Ello ladz woss go-inn on"
& ole Blakie don't say nuffink duz e.

The cunt juss stairz at me & grinz.

& then I notiss that the ole fuckin van stinks to i fuckin evan.

& I dunno ow that lil fack cood ov ixkaypt me a-fuckin-tenshun til now but it did sum-ow.

& I'm juss lyke:/
   "Jeezuz fuck Blakie yew cunt. Yor a fuckin annermul. Yor fuckin sik yew cunt. Did summink dye up there or wot mate. Go ter the fuckin dokterz & do us awl a fuckin fayver yew eevul cunt."
& I'm skrablin fer the fuckin win-der wynder soze I can get sum mutch fuckin needid fresh fuckin air inter this shit ole.

& I'm finkin fer a sekund & I goes lyke:/
   "Woss go-inn on ladz. Sarge. Ware we go-inn mate. Ow did we get off that fuckin spay ship mate."
But the cunt don't say nuffink duz e.

The tosser juss keeps on dryvin & wotchin the road ain it.

& ole Blakie don't say nuffink neeva.

The fick cunt juss stairz at me & grinz.

& then Delta cumz on a-fuckin-genn duzzen e.

& e goes lyke:/
   "Charlie-Uncle-Norfolk-Tango...Charlie-Uncle-Norfolk-

Tango…This is Delta-India-Charlie-Kebab…Cum in pleez, ova."
& I looks a-fuckin-round lyke.
But neeva rov them to cunts is taykin enny notis.
The Sarge azzen tayken iz eyes off the fuckin road & ole Blakie
seemz apee inuff ter juss sit there & drop iz guts & grin at me.
So I'm lyke:/

> *"Woss up wiv yew cunts, ain eeva rov yew gonna fuckin get that*
> *or wot."*

But iss as if I don't ixist coz no cunt tayks a blynd bit a fuckin
notiss a me do they.
They don't say nuffink.
& I'm lyke:/

> *"Lissen yew cunts, eez gonna be wundrin ware weave bin ain it.*
> *Bess tell im about that fuckin spay ship adden we eh."*

& the cunts still don't say nuffink.
& I fink the bastards ar wyndin me up or summink, coz far as I
rimemba not so fuckin long ago the free ov us woz stuck on sum
fuckin spay ship or summink, & angin in mid-fuckin-air wiv no
vizzerbul meenz a support in sum gleemin shynee room lyke off
Star Trax & subjeck to awl kynz a soddin ixperimenss & now
weir juss back in ar fuckin van & is juss lyke nuffinx append.
But it awl seemed reel inuff didden it eh.
It awl seemed fuckin reel inuff wen we woz travlin up & up & up
in awl a that bryte bryte lyte & I fort we woz on ar way to evan.
& it awl seemed reel inuff wen we fand ar-fuckin-selvz in that
gleemin shynee room didden it.
& it awl seemed reel inuff wen ole Blakie woz ly-inn on the
fuckin flor in a pool ov iz own soddin blud.
& it awl seemed cuntin well reel inuff wen The Sarge reaktid
badlee ter that eye pitcht buzzin & skweekin noyz & it upset iz
delikut 'Yew-No-Wot' werkinz & put em awl owt a wak.
& it awl seemed reel inuff wen them to free fingerd cunts cum
in & startid blabbin on wiv there clix & werz lyke Flippin the
doll-fing.
& it awl seemed reel inuff wen they did awl a them ixperimenss
on ole Blakie lyke bernin off iz skin wiv likwid lyte & shuvvin
that fuckin oova dan iz frote & pumpin awl a them lil inseck

type fingz into wiz guts.

& it awl seemed reel a-fuckin-nuff wen wun a them free fingerd cunts pulld sum kynd a lil mettle fing the syze ov a fag packit owt a vis or er pockit & pointid it at me & awl a that grav cum crashin up ter meet me.

But we ain there no mor ar we eh.

We ain on that fuckin spay ship in sum gleemin shynee room lyke off Star Trax.

Weir in ar fuckin van ain we.

& Delta muss be wundrin ware the fuck weave bin but nun a them cunts is pickin up the fuckin radio.

Plus the fack that there also aktin ziff I don't ixist.

So I'm lyke:/

"Veree fuckin funny yew cunts. I'll fuckin get it then. Leest Delta'll tawk ter me. Even if e is a pryze fuckin cunt."

& I reech ova ter pick up the andset.

& The Sarge don't say nuffink.

E duz summink tho.

Fer a start e keeps on dryvin, & thez nuffink strainj about that.

Thass juss bizniss as fuckin per, ain it.

But iss ryte odd that the cunt don't say nuffink.

Coz normalee if ar radio went & I sed I woz gonna get the fucker The Sarge'd av a ryte fuckin go at me wooden e.

Coz I'd be owt a fuckin lyne wooden I.

Eed go lyke:/

"Fuck off yew cunt, chew'll get it wen yor fuckin told ter fuckin get it chew fuckwit."

But this tyme e don't say nuffink.

So eeven tho I no iss a bit owt a fuckin lyne I reechiz ova ter pik the fucker up.

& thass wen e duz it.

E juss fuckin punchiz me wiv iz fist.

Punchiz me on the arm.

For reel.

The cunt punchiz me juss daz I'm about ter tutch ar radio.

Juss bifor I can pik the fucker up.

& the cunt duzzen eeven aff ter take iz eyes off the fuckin road.

& I'm lyke:/

> *"Oy Sarge wot chew fuckin well do that for then eh? I woz juss gonna fuckin tawk ter Delta. Juss gonna pick the fucker up. Sinss neeva rov yew to cunts woz gunoo, I fort I betta rad. Wot dew fuckin do that for eh. Woss up mate? Dunchew wonna tawk ter Delta or summink. Yew got the ump wiv im or summink."*

Coz I meen less fayce it, it wooden be the ferss fuckin tyme wood it eh.

The Sarge is such a moodee cunt e offen gess the ump wiv sum cunt or uvver.

Sep normalee e wooden punch em.

Not iz coleegz.

If eez got the ump wiv iz coleegz eed normalee juss bawl em owt or summink.

Wooden punch em.

Oo-wevva it woz eez got the ump wiv.

Lyke if eez pist off wiv me fer tawkin eel juss showt at me lyke I've problee sed bifor.

Eel go lyke:/

> *"Lockie yew cunt. Few so much as say wun maw fuckin werd I swair..."*

Or if eez got the ump wiv ole Blakie on acount ov iz stinkin guts, eel juss go lyke:/

> *"Yew filfee fuckin tosser, yew sick or summink, see a fuckin dokter yew cunt or I fuckin swair..."*

Then eel tern ter me & go lyke:/

> *"Oy Lockie yew dipstick, open the fuckin win-der fer fuck sake & less get sum fuckin fresh fuckin air, woss rong wiv yew, dew lyke the smel ov iz arse or summink?"*

But e wooden normalee bash us.

Not is coleegz lyke.

So I figger don't push it Lockie ole sun, coz the cunt is in a strainj fuckin mood.

& Delta'll juss dov figgerd that weir owt on a job or summink.

Lyke maybe we cum across a car raxident & went ter renda rasistance or summink.

Or we got flagged dan by sum cunt wot woz owt wawkin iz

dog coz that dog a viz woz sniffin aroun sum bushiz & fand sum ded bloke or bird rapt up in bin bagz.

Or we cum across sum bird staggerin aroun by the road ooz bin dun ova by sum fuckin raypiss.

Or we fand a trail a ded blokes & birds owtsyde sum big dizertid manshun & wen we follerd em insyde thez bin sum kynd a mass fuckin sewersyde or summink.

Or we run ova the edless corpse a sum kid woss got iz-self abduktid & kild by fuckin nonsiz.

Tho if enny a them fingz ad acksherlee append ferss fing weed a dun wood be ter giv Delta a fuckin cawl wooden it.

Fenee a them fingz ad acksherlee append The Sarge'd stop the fuckin van & go:/

> *"Oy Blakie bess giv Delta a cawl ain it. Cum on less go & av a shooftie mate."*

& ole Blakie'd pick up ar radio & go lyke:/

> *"Delta-India-Charlie-Kebab...This is Charlie-Uncle-Norfolk-Tango...Dew fuckin reed me, ova."*

& Delta'd go lyke:/

> *"Awl ryte Blakie yew fuckin donut. Owz yer chalfonts mate?"*

& ole Blakie'd go lyke:/

> *"Fuck me Delta the cunts ar playin me up summink fuckin rotten. I fink iss theez fuckin plastic seets mate."*

& Delta'd go lyke:/

> *"Take fuckin erlee re-tyrement then yew jerry-fuckin-atrick cunt."*

& Blakie'd go:/

> *"Khan do that Delta."*

& Delta'd go lyke:/

> *"Y not chew cunt?"*

& ole fuckin Blakie'd go:/

> *"Coz then I wooden no wot shift yew woz on Delta, & I cooden go dan yor place & shag yor missiz yew tosser."*

& Delta'd go:/

> *"Fuck off yew cunt. The ole slagz ownlee got eyes for me & yew fuckin no it."*

& Blakie'd go lyke:/

> *"I erd sheez got a cunt the syze ov a fuckin buckit. I wooden fuck*

er if she paid me mate & I've erd she fuckin duz & awl."

& Delta'd go:/

"Piss off shit-fer-braynz wot dew fuckin wont enny-fuckin-way."

& Blakie'd go:/

"Woss the fuckin matta. Dew wonna get back ter yer wank mag or summink?"

& Delta'd go:/

"Ow dew gess mate?"

& Blakie'd go:/

"Fing is Delta we juss cum across a car raxident & weir gonna go & renda rasistance mate, ova."

Or eed go lyke:/

"Fing is Delta we juss got flagged dan by sum cunt wot woz owt wawkin iz dog coz that dog a viz woz sniffin aroun sum bushiz & fand sum ded bloke or bird rapt up in bin bagz. Weir juss gunoo av a shooftie mate, ova."

Or else eed go:/

"Fing is Delta we juss fand sum bird staggerin aroun by the road & it looks lyke sheez bin dun ova by sum fuckin raypiss mate, ova."

Or praps eed go lyke:

"Lissen Delta, we juss fand a trail a ded blokes & birds owtsyde that big dizertid manshun. Looks lyke thez bin sum kynd a mass fuckin sewersyde or summink."

Or eed go:/

"Bit ov a mess dan ear Delta acksherlee. Fing is we juss run ova the edless corpse a that kid woss missin. I fink that por lil cunt muss dov got iz-self kild by fuckin nonsiz mate, ova."

& then Delta'd go:/

"Roger rodge Charlie-Uncle...Report chore perzishun yew cunts & I'll send a-fuckin-sistance, ova."

Thass wot wood normalee appen.

But nun a vits append now.

So praps Delta will be a bit cunsernd.

Or praps the cunt'll fink ar radio's owt ov orda.

& it wooden be the fuckin ferss tyme wood it.

This pyle ov shit is awl-ways braikin dan ain it.

So if thass wot eez finkin, on acount ov ar not arnserin, iss gonna be a wyle bifor e tryz a-fuckin-genn.

Praps eel av anuvver go in a bit.

Or praps eel juss wait fer us ter cum back in.

Ter the stayshun.

I don't fuckin no.

& I don't fuckin no woss rong wiv The Sarge & y eez got the fuckin ump wiv me.

& dow cum, wen the last tyme I saw theez to fuckers wun a them woz ded & the uvver wun woz juss ly-inn on the flor breevin raggid breffs & sobbin rackin sobz, the to ov em seem ter be as ryte as fuckin rain.

& weir juss dryvin arown daz per.

& ole Blakie's definutlee not ded.

& The Sarge ain cryin no maw.

The cunt is fullee fuckin funkshernul.

& I khan figger owt wot the fuck is go-inn on.

I'm runnin it awl frew me nod but I khan fuckin figger it owt.

& I rimemba wunse.

Back at the stayshun.

Yonks a-fuckin-go.

I woz tawkin ter Delta.

& wun fing about that cunt is that eez a ryte fuckin bookwerm.

E juss sitz there wiv iz noze in a cuntin book duzzen e.

Coz eez got a lot a fuckin tyme on iz andz I spoze.

Eez awl-wayz reedin lyke.

& if eez not reedin iz wank magz eez reedin books ain e.

The cunt.

& normalee, if The Sarge cumz in & fyndz Delta wiv iz noze in a soddin book, eel juss snatch it off im & go lyke:/

"Ear wot the fuck is this shit chore reedin yew bookee cunt."

& Delta'll go lyke:/

"Iss a fuckin murda mistree woss it look lyke Sarge."

Or eel go lyke:/

"Charlz fuckin Dickbreff yew fick cunt."

Or eel go lyke:/

"Khan chew reed mate. Iss Roof fuckin Rentboy yew tosser."

Or else eel go:/

"*Iss the new E & M Bankjob, woss rong wiv that.*"

& The Sarge'll av a fuckin flik frew won't e.

Then eel go:/

"*It woz the fuckin butla wot dun it chew cunt.*"

Or:/

"*Dickbreff is fer kidz ain it.*"

Ralse eel go lyke:/

"*Roof fuckin Rentboy. Wot a fuckin uglee slag. I wooden fuck that ole cunt.*"

Or eel juss look at the cuvva ran go lyke:

"*Khan that E & M Bankjob ryte in fuckin Ingerlish or summink.*"

& Delta'll snatch it back & go:/

"*Giv us it ear yew brayn-ded cunt. Juss coz yew khan fuckin reed mate. As a matta rov fack tits a ryte good fuckin reed acksherlee.*"

& eel look at me & ole Blakie & go lyke:/

"*Ow do yew put up wiv this cunt I do not no.*"

Ralse eel be do-inn the fuckin cross-werd.

Wen iss kwyet lyke.

& eel juss be sitt-inn there chewin iz fuckin pen.

& wen we cum in eel look up & go lyke:/

"*Tyred Hole. Kwestchun mark. 7 lettaz, 5 lettaz. & the ferss wun is a Y.*"

& ole Blakie'll go lyke:/

"*Yeah. 'Yor fuckin Missiz' mate.*"

& Delta'll go:/

"*Ha bluddy ha yew impertent ole cunt.*"

But this wun tyme e wozzen do-inn the cuntin cross-werd.

& e wozzen reedin sum soddin murda mistree, or Charles fuckin Dickbreff, or Roof fuckin Rentboy.

& e wozzen fuckin well reedin the new E & M Bankjob neeva.

& wen The Sarge took it off im as fuckin per, e juss lahft & went lyke:/

"*Woss this? 'The Inna fuckin Kee'? 'Un-fuckin-lok The Mistree & Pertenshul Ov Yor fuckin Dreemz'? Delta yew ar wun pryze fuckin cunt dew no that mate.*"

& Delta woz lyke:/

"*Za matta rov fack tits a ryte fuckin intrestin book acksherlee. Tellz*"

yew about awl diffrent kynd a dreemz & wot the fuckers meen."
& The Sarge went lyke:/
   "I rest my fuckin case. Cum on ladz less get sum fuckin dinna."
& I meen I didden look at that fuckin book me-self lyke.
But I khan alp finkin a-fuckin-bowt it now.

I khan alp runnin it frew me nod now weir awl ear in ar van juss dryvin aroun das per & ole Blakie's no longa ded & The Sarge's delikut 'Yew-No-Wot' werkinz ain awl owt a wak no mor & e ain ly-inn dan & sobbin on the flor.
Maybe I woz a-fuckin-kip.
& I khan alp wundrin ow I cood unlock the mistree & per-fuckin-tenshul ov a dreem lyke that.
& I'm lookin owt a the fuckin win-der & runnin that frew me nod wen I notiss that we ain in the fuckin stix no maw.
Weir back in the fuckin city ain we.
Thez awl owziz & shops & awl-nyter garridjiz & shit.
& there awl brytlee lit up ain they.
& I'm lyke:/
   "Soon be ohm ladz ain it. Sgood ter be back on ohm-fuckin-terf. This beets the fuckin stix enny day a the fuckin week eh."
But them cunts still don't say nuffink.
So I'm juss lookin owt the win-der raz we speed past awl a them blokes & birds awl kew-inn up in them fuckin kebab shops or byin there fuckin fagz & shit & it filz lyke I've bin a-fuckin-way fer fuckin yonks.
& I wonna wynd dan the fuckin win-ders & showt at awl a them cunts owt there.
I fill lyke wyndin dan the win-der & leenin owt wiv awl a that win din me fayce & go-inn lyke:/
   "Oy! Awl a yew cunts! Weir back ain we! Don't chew worry about nuffink now coz weir back! Look! Iss us free! In ar fuckin van! & ole Blakie's not fuckin ded enny maw! & The Sarge is dryvin! We've cum fuckin back yew fuckin cunts!"
But I don't coz less fayce it the mood eez in The Sarge'd fink I woz a pryze fuckin cunt wooden e.
The moody fucker'd problee soddin well bash me a-fuckin-genn wooden e.

But thass wot I fill lyke do-inn.

Coz iss good ter be fuckin back.

Bizniss as fuckin per.

& The Sarge azzen arf got iz fuckin foot dan.

& awl a theez blokes & birds ar ternin round ter look at us as we dryve past.

& them cunts'll be finkin lyke:/

> "There go ar boyz. Lookin fer fuckin trubble."

& awl a them blokes & birds'll be wundrin oo weir arter won't they.

They'll smyle ter there-selvz & fink:/

> "Sum fuckin nonss is gonna get it."

Or:/

> "Sum mad fuckin killer juss pusht iz fuckin luck a bit to fuckin far."

Ralse they'll be finkin:/

> "I dunno oo yor arter but give that cunt wun fer russ ladz."

Or praps they'll be stewdenss wiv a bit a fuckin ash in there fuckin pockit & the cunts'll get parrernoid & old there fuckin breff till weave gon past coz they fink weir arter them, the cunts.

But we ain.

Not this fuckin tyme.

& thez blokes & birds awl shuttin up shop.

Switchin off the lytes & lockin there dorz for they fuck off ohm.

& wurryin wevva roar not they lokt up the bax a there shops & shit.

& wurryin wevva roar not they switcht on there fuckin alarmz.

& wurryin wevva roar not this is gonna be the nyte wen sum cunt'll cum & rob em.

& if them cunts see us speedin past then there gonna fink o well at least ar boyz ar owt & a-fuckin-bout.

& the cunts'll finish lockin up & they'll stuff there keez in there pockits & shiver & tern up there collerz for they fuck off ter catch there bussiz or wot-evva.

& sum a them cunts ar at ohm awlreddee.

Back from ware-evva the fuck id is the cunts werk.

& thez blokes & birds in a lot a the owziz wot weir passin.

& there awl switchin there fuckin lytes on & shit.

Awl a them blokes & birds & there kidz.

& I can see the lytes from sum a there telleez & awl.

& sum ov em'll be avvin there dinner.

Sitt-inn in frunt a there telleez wiv there trayz on there laps.

& sum a them cunts ar standin in there frunt win-ders & droarin the curtenz.

Juss ter keep the dark dark nyte at bay.

& there droarin the curtenz so if sum mad fuckin killer cumz creepin dan the street the cunt won't be aybul ter peep inter there frunt roomz.

& so they don't aff ter fink about awl a them nonsiz & raypiss & shit wot ar awl creepin aroun din the fuckin dark.

& if sum a them cunts, sum a them blokes & birds standin in there frunt win-ders see us dryvin past in ar van wyle there droarin there fuckin curtenz then praps the cunts'll fill a bit saifa rin there fuckin beds ternyte.

Coz weir owt ear lookin fer mad fuckin killers on there be-arf.

& they can wotch there tellee in peece.

No-inn trubble ain gonna cum a tap tap tappin on there fuckin win-ders.

& they can eat there dinnerz on there fuckin laps or wot-evva rin peece no-inn that trubble ain gonna cum a shaykin on there fuckin dor nobz.

& they can av a wank or jump on sum uvver cunts bones in peece no-inn that problee sum mad cunt wiv a nyfe or a gun ain gonna berst in on em.

& they'll be aybul ter sleep eezier in there bedz.

Most ov em.

Coz weir ear ain we.

Me & ole Blakie & The Sarge.

& The Sarge ternz off the main road duzzen e.

& we tern inter sum owzin istay.

& thez sum kidz dan by the garridjiz awl standin round a fyre wot theyv maid owt a sum ole matrissiz & shit wot sum cunt left owt by the binz.

& thez a few blokes & birds standin in there win-ders wotchin. Up in the flats lyke.

& wen they see us cummin they go back ter there dinnerz &

shit coz evree-finks awl ryte now ain it.

Weir ear.

& wheel sort them kidz owt bifor they awl tern inter deelerz & robberz & shit.

But The Sarge don't stop duz e.

& I fink e mus dav ad wun a viz unchiz coz e dryves strait fuckin past them kidz.

& they don't eeven fuckin notis us do they eh.

There awl juss stairin at the fuckin flaimz & sparks wot ar ryzin up inter the dark dark nyte.

& thez wunda ron there fuckin faysiz.

& there chuckin stix at the cunt.

& I fink the lil cunts ain eevul there juss scaird a the fuckin dark.

There juss keepin that dark dark nyte at bay lyke evree uvver fucker in the soddin weld.

& I look in the mirror & wotch them lil cunts till we tern anuvver fuckin corner & there owt a site.

& The Sarge pullz up owtsyde sum fuckin owse or uvver.

& lyke I say e muss dav ad wun a vis unchiz I rekun.

Coz it don't look enny fuckin diffren to awl the fuckin uvverz.

Juss sum lil owse wiv a lil fenss & a bit a fuckin grass owt frunt lyke.

& e juss stops the fuckin van & gess owt & stanz there duzzen e eh.

On the fuckin payvment lyke.

& e don't bovva ter cloze iz dor.

& I'm lyke:/

"Vew got wun a yor fuckin unchiz then Sarge?"

But the cunt don't say nuffink.

& the lytes ar on insyde the van.

& I ternz to ole Blakie & I'm lyke:/

"Bess go & av a fuckin shooftie then mate eh."

But the cunt don't say nuffink neeva.

Juss fuckin grinz at me don't e.

& I'm lyke:/

"Jeezuz fuck Blakie yew look lyke shit mate. Spin a long fuckin day eh."

But the cunt still don't say nuffink.

E juss gess owt a the fuckin van & awl.

Stanz on the fuckin payvment nex ter The Sarge dun e.

& there bofe juss lookin at this owse.

& I figger few khan beet the cunts Lockie ole sun so I gess owt a the van & awl.

& weir awl juss standin there ain we.

On the fuckin payvment owtsyde sum soddin owse wot looks juss lyke awl a the fuckin uvverz.

& I'm lyke:/

"Oo the fuck livz ear then Sarge? Vew got wun a yor faymus unchiz or wot?"

But the cunt still don't say nuffink.

& there juss lookin at the fuckin frunt win-der ain they.

& the lytes on ain it.

& the curtenz ar drawn.

Sep fer wun lil crak in the middle lyke.

& thez lyte from sum cunt's tellee shynin owt frew this crak.

& bofe The Sarge & ole Blakie step ova the lil fenss & onter the fuckin grahss lyke.

& I foller the cunts.

& I'm wundrin oo the fuck myte liv ear.

I'm runnin it frew me nod.

& wundrin witch cunt livz in this lil owse lyke awl a the uvverz wiv iss lil fenss & lil patch a grahss owt frunt & iss curtenz & iss tellee lyke awl a the uvverz.

& I no from ixpeerienss that it cood be enny kyne dov eevul fucker.

Cood be sum deeler or sum nonss or sum raypiss or a fenss or a burgla.

Cood be a mayjer counta-fuckin-fitter or sum armed robba woss juss dun sum bank ova or eevan juss sum stewpid lil grahss oo oze The Sarge a fuckin fayva.

Cood be enny cunt cooden it.

But The Sarge & ole Blakie ar juss standin there in fuckin sylenss & stairin frew the lil fuckin crack in the curtenz.

So I leenz ova ran az a shooftie & awl.

Av a fuckin peep dun I.

& iss juss sum bird ain it.

Wotchin tellee wiv a cuppl a kidz.

& there tawkin to eech uvver & larfin at the tellee.

& I'm lyke:/
   "Juss sum bird & er kidz Sarge. Woss go-inn on mate."
But e don't say nuffink duz e.

Juss stanz there wotchin.

& I'm juss wotchin & awl.

& I khan tair me fuckin eyes a–fuckin-way can I eh.

Juss wotchin this bird & er kidz in there fuckin frunt room.

& iss at tymz lyke this I'm glad I'm a fuckin copper ain it.

Iss at tymz lyke this that iss awl fuckin werf-wyle.

Coz weir owt ear keepin theez cunts safe ain we.

Keepin the dark dark nyte at bay on there be-arf.

So birds lyke er can sit in there frunt roomz wiv there kidz & eat
there dinnerz on there fuckin laps & tawk & larf at the tellee & shit.

& I wish I woz in there.

& I wish she woz my bird & they woz my kidz & we woz awl
juss wotchin tellee & eatin dinner off ar laps sted ov owt a
fuckin cartonz in ar fuckin van.

& I wish I woz larfin at the fuckin tellee wiv em & they woz
my kidz & we woz tawkin in ar frunt room.

& acksherlee suddenlee fer the ferss tyme evva rin me lyfe I
wish I cood juss be sitt-inn in sum frunt room in sum lil owse
juss lyke awl a the fuckin uvverz wiv iss lil fenss & a patch a
grass owt frunt & wotchin tellee wiv sum kidz & a bird & eatin
ar dinners off ar fuckin laps & tawkin & larfin at the fuckin
tellee sted a dryvin aroun dawl the fuckin tyme in ar fuckin van
keepin the dark dark nyte at bay on evree uvver fuckers be-arf.

& acksherlee suddenlee I don't fink I can evva rimemba a tyme
evva rin me fuckin lyfe wen I wozzen in ar fuckin van.

I don't fink I can evva rimemba sitt-inn in my frunt room wiv
sum bird eatin ar dinnerz off ar laps & tawkin ter me kidz &
larfin at sum cunt on the fuckin tellee.

Muss dov dun it sum tyme or uvver mussen I.

I ain awl-wayz in ar van.

Muss dav sum bird sum-ware & a cuppl ov kidz oo I tawk to &

wotch tellee wiv & eat dinner off ar laps wiv & larf wiv & cloze the curtenz wiv & fill safe wiv.

I khan fuckin rimemba.

I khan fuckin rimemba nun a that shit.

& I'm standin on this lil patch a grahss wiv The Sarge & ole Blakie owtsyde sum lil owse juss lyke awl a the fuckin uvverz & peepin frew the crak in the curtenz wotchin this bird & er kidz & runnin this frew me nod.

Muss dav mussen I eh.

Muss switch off the lytes wiv sum-wun mussen I & go kew-inn dan the kebab shop or dan the awl-nyter garridge fer me fags & shit.

Muss tuk the kidz up in there bedz wiv sum bird or uvver for we creep off & jump on each uvverz bones.

Don't spend me ole fuckin lyfe in this fuckin van do I eh.

Don't spend me ole fuckin lyfe wiv theez to cunts do I eh.

& I tell yew wot I fuckin wish I woz there now.

In ar fuckin frunt room eatin ar dinners off ar laps & tawkin to ar kidz & clozin the curtenz & larfin at sum fucker & sendin the kidz off ter bed & woshin up & wotchin tellee & maykin shore the fuckin back dorz lokt & shit.

Wish I wozzen standin on this lil patch a grahss owtsyde sum owse wot looks lyke awl a the fuckin uvverz peepin frew the lil crack in the curtenz wotchin sum bird & er kidz do-inn awl a them fingz.

Wish I woz at fuckin ohm.

Wish I cood fuckin rimemba.

& The Sarge moovz dun e.

E goes ova ter the fuckin frunt dor duzzen e.

& ole Blakie follerz im.

& so do I.

& for a wyle we juss stan there.

Lissnin.

Lookin frew the patternd glass at the lyte cummin from the kitchin.

& lookin at ar shadderz on the owtsyde a the glass.

& I'm finkin The Sarge's unchiz ar awl-ways ryte.

& I'm wundrin wevva weir go-inn in.

& I'm wundrin wot wheel fynd.

& I'm wundrin wevva weir safer owt ear.

Or wevva thez gonna be sum cunt wiv a gun upstairz.

Coz ware-as most blokes & birds ar safer insyde than owt, wen yor a fuckin copper sum-tymes yor safer owtsyde than in ain chew eh.

Yor safer owtsyde in the dark juss be-coz yor a fuckin copper.

Cood be enny kynd a mad cunt on the uvver syde a that dor.

& go-inn insyde cood be the last fuckin fing yew evva do.

& thez no way a no-inn till yew go in is there eh.

Yew cood be safer owtsyde or yew cood be safer insyde.

& I'm finkin: moment a fuckin troof ain it.

Weir gonna fynd owt in a fuckin minit ain we eh.

& I'm lyke:/

> "Wot we lookin for Sarge?"

But the cunt don't say nuffink.

& I'm lyke:/

> "Ooz in there mate?"

But e don't say nuffink.

E juss liffs up iz arm duzzen e.

& stanz there fer a wyle wiv iz and nex ter the glass.

Iz fist lyke.

& neeva rov us sez enny-fink.

& then e juss tap tap taps on the fuckin dor duzzen e.

& nuffink appenz fer a bit duz it.

So e bangz it this tyme duzzen e eh.

Then I can ear the noyz ov the tellee gettin lowder khan I.

Coz the frunt room door iz openin ain it.

& the lyte from the frunt room is shynin onter the patternd glahss ain it.

& thez a shadow cummin inter the awl.

& it muss be that bird cummin ter see oo it is.

& she can problee see ar shadders on the glahss khan she eh.

& she can see that weir coppers khan she.

So evree-fink's OK ain it.

& she reechiz up & I can see er and frew the glahss khan I.

Juss bifor she tutchiz the dor nob.

& I looks at The Sarge coz I'm wundrin wot weir gonna say & thass iz dipartmen ain it.

& she openz the dor & wen she seez us she smyles duzzen she.

But The Sarge don't say nuffink duz e.

E juss pushiz inter the owse & grabz er arm & pullz er frew inter the kitchin.

& she juss goes lyke:/

"Roger!"

Juss showts owt sum blokes name.

& ole Blakie follers The Sarge inter the owse ownlee e duzzen folla rim inter the kitchin e goes inter the frunt room.

& I foller em inter the owse & awl.

& I fink well bess go upstairz ain it.

See if this bloke is up there.

Praps weir arter this Roger bloke.

Praps this Roger bloke is a deeler or a nonss or a raypiss or a fenss or a burgla.

Praps this Roger bloke is a mayjer fuckin counta-fuckin-fitter or sum armed robba woss juss dun sum bank ova or eevan juss sum stewpid lil grahss oo oze The Sarge a fuckin fayva.

& The Sarge is in the kitchen pushin that bird upper genst the table & eez oldin bofe er armz wiv iz big andz.

& I'm off upstairz & lookin for this cunt ain I eh.

Lookin for this Roger bloke.

& iss dark upstairz ain it.

So I'm creepin up them stairz ain I.

Don't wonna fryten this cunt inter do-inn summink stewpid do I eh.

& I'm slowlee taykin me fuckin trunchen owt ain I.

Case e duz.

& I'm creepin onter the landin.

& iss awl kwyet ain it.

& awl the lytes ar off ain they.

But thez sum lyte cummin in frew the landin win-der.

& the barf room dor is open ain it.

& I creep inter the barf room but no cunt is in there.

Juss da bog & an emtee barf & a medsin chess wiv a mirra ron it & for a sekun dor to I juss look at me fayce in the fuckin mirra dun I.

For I open the fucker.

& me fayce is awl orinj ain it.

On acount a the street lytes & shit shynin in frew the lil winder abuv the bog.

& I'm finkin duz my barf room look lyke this.

Do I stan din frunt a me sink lookin in a lil mirra ron the dor a me medsin chess lyke this.

& I khan fuckin rimemba.

& I open the lil dor, kwyetlee lyke, & me fayce slips away.

But iss juss full a plasters & coff medsin & shit.

Nuffink unterward.

& thez awl bubbl barf & shampoo & barf room cleena nex ter the barf.

& toof brushiz & shit.

But no syne a this Roger cunt at awl.

So I creep back owt onter the landin dun I.

& the nex dor is shut.

So I givz the dor nob a lil shayk & pushiz it open lyke.

& iss the kidz bedroom.

& iss awl orinj & awl ain it.

On acount a the street lytes & the curtenz be-inn open.

& thez to lil bedz & shit & I'm finkin duz my kidz bedroom look lyke this.

& ar me kidz toyz awl neetlee stakt away & is there a cuppl a lil desks & chairz & sum book shelvz & awl pikcherz on the wallz & shit.

& is this wot iss lyke wen I cum & put me kidz ter bed.

For I tern the lytes on & draw the curtenz.

& I'm finkin this but thez still no syne ov enny cunt cawld Roger.

So I creep back onter the landin dun I.

& I try the uvver dor.

& iss anuvver remptee bedroom ain it.

Muss be that birdz bedroom.

& it smelz awl a perfume & shit duzzen it.

& iss awl orinj & awl coz the curtenz ar still open.

& thez a cuppl a cubberdz ova by the wall so I creep ova & slowlee open up the ferss wun dun I.

& iss full ov cloze.

Iss full ov awl a that bird's cloze.

& it awl smelz a perfume & cloze dun it.

& I push the fuckers ter wun syde but no cunt is i-din behynd em in the dark.

So I try the uvver wun.

& iss awl full a bloke's cloze.

Iss awl full a this Roger cunt's cloze but thez no syne a Roger. E ain i-din in ear neeva.

& I'm standin there by the bed & wundrin wot my fuckin bedroom looks lyke.

& I'm tryna rimemba if weave got to big cubberdz wiv awl ar cloze in.

& wevva thez a lil dressin table wiv a mirra lyke this wun & awl bottulz a perfume & fuckin may-kup & lil pyles ov chainj & boxiz a joolree on it.

& lil cubberdz on eeva syde a the bed wiv lamps & books & shit on em.

& I'm finkin is this wot ar bedroomz lyke.

& do we draw ar curtenz & jump on eech uvverz bones & switch ar lamps off & cling tergevva awl snug & warm & keep the dark dark nyte at bay in a bed lyke this.

& is ar bedroom awl orinj for we draw the curtenz on acount ov awl the street lytes & shit.

& I wish I woz there now.

& I'm tryna rimemba me bird.

& she screemz.

The bird dan stairz wiv The Sarge screemz.

& thez no cunt up ear at awl.

Juss me.

& I'm finkin bess go back dan stairz then Lockie.

Tell The Sarge the coast is cleer lyke.

Tell The Sarge thez no fuckin syne a this Roger cunt.

So I runz back dan don't I eh.

Back dan the stairz & inter the awl way.

& the frunt dor is still open ain it.

& ar vanz still owtsyde wiv iss dorz open & the lytes on & stuff.

& I'm lyke:/

"Thez no cunt upstairz Sarge."

& wen I goes inter the kitchin The Sarge is standin ova nex ter the table.

& I khan see the bird at ferss.

Till I goes in lyke.

Then I see er on the flor.

& sheez got blud on er fayce ain she.

& The Sarge is standin ova rer.

& sheez juss lookin up at im & cryin.

& The Sarge is cryin & awl.

Not them grate rackin sobz lyke bifor in that gleemin shynee room lyke off Star Trax but thez 'Real Tears™' runnin dan iz fuckin fayce.

& I'm acksherlee suddenlee finkin this is awl rong coz sheez juss sum bird oo woz wotchin tellee & eatin er dinner off er lap wiv er kidz & tawkin & larfin at sum cunt on the tellee & I wish she woz my bird & woss my bird's name & I khan fuckin rimemba but wun fing I no this bird ain no fuckin mad fuckin killer & she ain no cuntin deeler & she ain a soddin nonss or a raypiss or a fenss or a fuckin burgla & she ain runnin sum mayjer fuckin counta-fuckin-fittin opperayshun, & she ain no armed robba & she ain sum stewpid lil grass oo oze The Sarge a fuckin fayva neeva.

Sheez juss sum bird ain she eh.

& I'm lyke:/

"Thez no cunt upstairz mate. Nuffink unterward. Less go eh.
Sheez juss sum bird ain she Sarge. Nuffink do-inn mate."

But The Sarge don't say nuffink duz e.

Juss reechiz dan & starts undo–inn iz fuckin belt.

& I'm lyke:/

"She ain a crim Sarge. Wot chew do-inn. She don't need curin mate."

& e don't say nuffink so I goes ova & looks at im & I'm lyke:/

"Wot chew fuckin do-inn, I sed. She don't need curin yer cunt. Juss
fuckin leev it eh. Less go."

Case e didden ear me the ferss fuckin tyme.

But e don't say nuffink & eez juss standin ova this bird & cryin 'Real Tears™' & then e juss ternz a–fuckin-round & punchiz me & pushiz me owt a the way & I crash inter the fuckin table dun I & nok ova sum chairz & fawl onter the fuckin flor & I'm finkin ar my chairz lyke this, is this wot ar kitchinz lyke at ohm.

& is the flor a var kitchin coal a-fuckin-genss me fayce lyke this.

& I'm finkin bess get ole Blakie then so I gess up & goes inter the frunt room.

& the telleez still on & them to kidz ar juss sitt–inn on the fuckin sofa & they look as if there crappin there-selvz wiv fryte.

& they ain larfin at sum cunt on the tellee no maw.

& there dinnerz awl spilt on the carpit.

& ole Blakie's juss standin there stairin at the por lil fuckers.

& I goes ova to im & I'm lyke:/

> "Lissen Blakie I fink weed bess go ain it. I fink The Sarge's faymus unchiz ar rong in this cayse mate. Thez no crimz ear at awl. Iss juss sum bird & er kidz ain it."

Then I fink fer a sek & I'm lyke:/

> "The Sarge is cryin mate."

But ole Blakie is juss standin there grinnnin at them to fuckin kidz.

& there lookin up at im.

& I'm finkin is this wot my kidz ar lyke eh, av I got sum kidz oo wotch tellee in there pijahmuz & sit syde by syde on the fuckin sofa.

But I khan fuckin rimemba.

& I'm lyke:/

> "Cum on Blakie less go & get The Sarge & fuck off owt a vit mate."

But the cunt don't say nuffink duz e.

Juss reechiz into iz pockit & pullz owt sum kynd a mettle fing bowt the syze ov a fag packit & poynts it at them kidz.

& I'm lyke:/

> "Blakie yew cunt wot the fuck is that."

But I fuckin no wot it is.

& e poynts that fucker at them to kidz.

& they juss start ryzin up off the fuckin sofa.

& there pissin there-selvz wiv fryte & cryin & angin there in mid–fuckin–air wiv no vizzerbul meenz a support.

& I reech ova ter try & grab that lil mettle fing off Blakie but I khan coz e juss reechiz up wiv iz uvver rarm & grabz me by the fuckin neck & pullz me ryte up fuckin close & fer a sek I fink praps the cunt is cryin coz thez a lil teer runnin dan iz cheek & I look in iz eyez & there fuckin ded manz eyez & thez lil inseck-lyke fingz swimmin aroun din there & then e ternz back ter them to kidz oo wah bofe juss dangin there wiv no vizzerbul meenz a fuckin support & e opunz iz mowf & owt cumz awl a this likwid wot splashiz awl ova them to por lil kidz & at the same tyme the cunt juss froze me across the room & Error type (1/dd6/3) has occurred I'm fawlin & I crash in2 the fyre playce * & I'm lookin up @ the pickcherz on the tellee & finkin av I got awl pickcherz on top a my tellee @ ohm * ar there pickcherz ov me & my bird & ar kidz on top a var tellee lyke this * & I'm lookin @ the pickcherz & there awl ov this bird & sum bloke & there kidz on ollerdaze & shit * & I khan kwyte playce this cunt's fayce 4 a sek * I khan kwyte playce this Roger cunt's fayce * then I earz the dor openin * & I looks ova & The Sarge is cummin in wiv iz belt awl undun * & eez still cryin 'Real Tears™' * & I looks @ the cunt * & I looks @ the pickcherz * & I looks @ The Sarge & eez pickin up sum chair & liftin it abuv iz fuckin ed * & I look @ the fuckin pickcherz & 4 a sek I still khan playce the cunt * & then I'm lyke:/ * "Oy Sarge cum & look @ this cunt yorl fuckin piss yerself mate" * & The Sarge is standin ova me wiv this chair abuv iz ed cryin 'Real Tears™' * & I'm lyke:/ * "Cum & av a look eez a fuckin ded spit mate" * & I looks @ them fuckin pickcherz & I looks @ the fuckin Sarge * & then it clix * & then I no * & then it runz frew me nod that I nevva sin the cunt owt a fuckin yewnifawm bi4 * & juss 4 a sek wyle that chair is cummin dan┐ wyle eez bring-

inn it dan, it runz frew me nod that I didden
eeven fuckin no the cunt's name ERROR type:
c/767/8*
c/700/8*
c/243/-*
c/077/v*
c/071/*
c/069-9*
c/055/*
c/ I /*
f/344/*1*
f/300/*
f/ I /*
I/II I/I*
has occurred*
DIAGNOSYSTEM™ activated*
Report mode: default*
Please consult your supplier*
No user serviceable parts*

CODEX BOOKS

Digital Leatherette by Steve Beard
ISBN 1 899598 12 X • 288pp • £5.95 • Not available in USA

Confusion Incorporated:
A Collection Of Lies, Hoaxes & Hidden Truths
by Stewart Home
ISBN 1 899598 11 1 • 224pp • £7.95 • $11.95 USA • $19.95 AUS

Cranked Up Really High by Stewart Home
ISBN 1 899598 01 4 • 128pp • £5.95 • $9.50 USA

"i'd rather you lied": Selected Poems 1980-1998
by Billy Childish
ISBN 1 899598 10 3 • 224pp • £9.95 • $17.95 USA

Notebooks Of A Naked Youth by Billy Childish
ISBN 1 899598 08 1 • 224pp • £7.95 • $19.95 AUS
Not available in USA

Satan's Slaves by Richard Allen
New introduction by Stewart Home
ISBN 1 899598 07 3 • 128pp • £6.95 • $10.50 USA

Psychoboys by Bertie Marshall
ISBN 1 899598 05 7 • 128pp • £5.95 • $9.50 USA

Flickers Of The Dreamachine edited by Paul Cecil
ISBN 1 899598 03 0 • 138pp • £7.95 • $11.95 USA

The Voidoid by Richard Hell
ISBN 1 899598 02 2 • 86pp • £5.95 • $7.95 USA

To order the above titles send a cheque, postal order or IMO
(payable to CODEX, in Sterling, drawn on a British bank) to Codex,
PO Box 148, Hove, BN3 3DQ, UK. Postage is free in the UK: add £1
for Europe, £2 for the rest of the world. Send a stamp (UK) or IRC for
a full list of available books and CDs. Email: codex@overground.co.uk